DIANA

W0240623

Das Buch

Die Kubanerin Alicia ist eine vielbewunderte Schönheit und gehört zur privilegierten Klasse; sie kann sich vieles leisten, wovon die meisten ihrer Landsleute nur träumen können, weil ihr Vater ein hoher Funktionär im Ministerium für Außenhandel ist. Als er ihre Mutter und sie verläßt, fallen viele der Vergünstigungen weg, obwohl sie weiterhin ein schickes Haus bewohnen dürfen.

Als sie 21 wird, beschließt Alicia, auf ihre Weise für einen komfortablen Lebensstil zu sorgen. Wenn sie in ihren knappen weißen Shorts durch die Straßen von Havanna radelt, müssen die Touristen einfach auf sie aufmerksam werden. Und unter ihnen gibt es genügend, die einem raschen Ferienabenteuer nicht abgeneigt sind. Da sie die Männer immer mit zu sich nach Hause nimmt, bekommt sie auch keine Schwierigkeiten mit der Polizei.

Schwierig wird es für sie erst, als sie John King kennen lernt, einen kanadischen Hochstapler, der ihr ein gemeinsames Geschäft vorschlägt.

Der Autor

Daniel Chavarría wurde 1933 in Uruguay geboren. Das Studium der klassischen Philologie unterbrach er für einen mehrjährigen Aufenthalt in Europa. Anschließend schlug er sich in diversen Ländern Südamerikas (Uruguay, Argentinien, Brasilien, Peru, Kolumbien) mit verschiedenen Jobs durch.

In Kuba nahm er sein Studium wieder auf und lehrte nach dessen Abschluß als Dozent für Latein und Griechisch an der Universität. 1978 erschien sein erster Roman *Joy*. Inzwischen hat er weit über Kuba hinaus Bedeutung gewonnen und seine Bücher werden in eine ganze Anzahl von Sprachen übersetzt.

Daniel Chavarría
Die Radfahrerin

Roman

Aus dem Spanischen
von Jürgen Alberts und Christián Cortés

DIANA VERLAG
München Zürich

Diana Taschenbuch Nr. 62/0128

Titel der Originalausgabe:
»Monta conmigo«

Deutsche Erstausgabe 8/2000
Copyright © 1999 by Daniel Chavarría
Copyright © der deutschsprachigen Ausgabe 2000
by Diana Taschenbuchverlag, München
Der Diana Verlag ist ein Unternehmen der
Heyne Verlagsgruppe München
Printed in Germany 2000

Umschlagillustration und Umschlaggestaltung:
Hauptmann und Kampa Werbeagentur, CH-Zug
Satz: Schaber Satz- und Datentechnik, Wels
Druck und Bindung: Elsnerdruck, Berlin
Gedruckt auf chlor- und säurefreiem Papier

ISBN: 3-453-17189-6

http://www.heyne.de

Für Hilda und ihr wissendes Lächeln,
mit dem sie
diesen Roman aufgenommen hat,
für Daniel Chavarría Vaz,
der jetzt mal an der Reihe ist.

1996

Vom Fahrrad auf den Bildschirm

1

Als Alicia beschlossen hatte, sich als Radlerin zu prostituieren, war ihre Mutter bereit, einen kleinen Juwelenring zu verkaufen, der sich schon seit fünf Generationen im Besitz der Familie befand. 350 Dollar war der Erlös. Für 280 Dollar kauften die beiden ein englisches Mountain-Bike mit breiten Reifen und vielen Gängen, auf dem Alicia Jagd auf wohlhabende Ausländer machte.

Zwei Monate später schon hatte sie die Technik der Straßenverführung perfektioniert und schaffte das Mountain-Bike wieder ab. Sie bekam dafür noch 120 Dollar, sowie einen schweren chinesischen Drahtesel, mit dessen Hilfe sie den Trick, sich auf die Straße fallen zu lassen, erfand. Von nun an begann ihr wahrer Aufstieg.

Die technischen Details dieses Tricks wurden in einem Hinterhof an der *Calle Amargura* entwickelt. Zuständig dafür war Cota, ein angesehener Fachmann auf dem Gebiet der ERSATZMECHANIK FÜR FAHRRADTEILE, so stand es mit rostigroten Buchstaben auf der Aluminiumtafel, die über der Tür des Eingangs warb.

Für zwei Flaschen Rum ersetzte Cota die Schraube des Zahnrades durch einen Metallstift, der mühelos herausgeschoben werden konnte. Man brauchte sich dafür nur ein wenig zu bücken, ohne aufzuhören, in die Pedale zu treten, und mit einem leichten Ruck konnte man je nach Bedarf und jederzeit das Ausbrechen der Pedale hervorrufen.

Diesem ganzen Vorgang folgte ein heftiges Bremsmanöver, das vorher gut geübt werden wollte, bei dem Alicia mit dem Kopf nach unten (und dem Po nach oben) auf die Fahrbahn geschleudert wurde. Durch Fahrradhandschuhe geschützt und nach einiger Praxis schaffte es Alicia, diesen Unfall überzeugend zu simulieren. Und zwar ohne die geringste Schramme.

Der Unfall geschah immer rund zwanzig Meter vor dem Wagen eines Ausländers, der zuvor von dem Rhythmus ihrer prächtigen Pobacken, auf dem hochgeschobenen Sattel pendelnd zur Schau gestellt, geblendet worden war.

Wenn ein Fahrer, der sie zunächst überholen wollte, sein Tempo verlangsamte und sie vorfahren ließ, um sich hinter sie zu hängen, wußte sie, daß ein Fisch angebissen hatte.

2

In einem großen Sitzungszimmer im Ministerium für Tourismus unterhalten sich zehn Personen an einem runden Tisch, an dem noch viele Stühle freigeblieben sind. Servietten, Aschenbecher, Mineralwasserflaschen sind bereitgestellt. Zwei elegante Sekretärinnen laufen mit Papieren hin und her. Ein Kellner schenkt Kaffee ein.

Ein sehr gut aussehender Mann – Mr. VICTOR KING ist auf dem Acrylschild vor ihm zu lesen – erhebt sich und geht zu dem Kartenständer, an dem eine große Landkarte Kubas hängt. Er nimmt einen Stock und zeigt auf einige Punkte an der Nordküste. Mit der anderen Hand weist er auf Kreuzchen, die im südlichen Teil angebracht worden sind. Wie eine Aureole um die karibische Insel erscheinen die verschiedenen Farben des umgebenden Meeres, hellgrün, gelb und weiß, je nach Wassertiefe.

King spricht ein perfektes Spanisch mit mexikanischem Akzent.

»Wie ich zuvor ausgeführt habe, sind hier an all diesen Punkten zwischen 1596 und 1760 Galeonen im Meer versunken. Über zweiundzwanzig von ihnen gibt es ausführliche Informationen in historischen Archiven. Wir halten diese Tatsache für einen einzigartigen kubanischen Vorteil, der in diesen Gewässern maritimen Tourismus vorstellbar macht, in Verbindung mit der Suche nach versunkenen Schätzen, an denen sich Touristen beteiligen können.«

Hinter einer getönten Glaswand tuscheln zwei Sekretärinnen.

»Sieh dir mal diesen Typ an, wie ein echtes Karamelbonbon ...«

»Ähnelt Alain Delon.«

»Stimmt, ja. Ich dachte schon die ganze Zeit, daß er jemandem ähnlich sieht ...«

Nach Beendigung seiner Ausführungen kehrt Victor wieder an den Verhandlungstisch zurück und wendet sich an einen der Herren, die ihm gegenübersitzen.

»Wie Sie sehen, Herr Minister, dieser Vorteil eröffnet eine Reihe von Möglichkeiten.«

Der Minister wendet sich direkt an die Person, die neben Victor sitzt, Mr. HENDRYCK GROOTE. Ein blonder Mann, mittlere Statur und rosiges Gesicht, von angenehmem Äußeren, etwa vierzig Jahre alt. Er ist ziemlich kahl, das wenige Haar auf seinem Kopf sehr kurz geschnitten, er trägt eine Guayabera.

»Ich weiß«, sagt der Minister, »ich habe schon den Bericht gelesen. Das Projekt ist in der Tat nicht uninteressant. Aber nach Aussage aller konsultierten Spezialisten müßte man mit sehr teuren Geräten im Wert von rund zwanzig Millionen Dollar operieren, um mit der Suche nach Schiffwracks zu beginnen, ohne dabei zukünftige Untersuchungen unserer Meeresarchäologen zu gefährden. Wären Sie bereit, eine Investition in diesem Umfang zu leisten?«

Er fixiert seine Gesprächspartner in dem sicheren Gefühl, sie beeindruckt zu haben.

Mr. JAN VAN DONGEN, ein Mann mit einer phänomenalen Nase, der die letzten Worte des Ministers aufmerksam verfolgt hat, während er Mr. Groote eine Cohiba anzündet, ergreift auf englisch das Wort.

»Herr Minister, für unser Projekt wären zwanzig Millionen völlig unzureichend ...«

Was für ein Riesenriecher? Wer ist denn dieser Typ?

»Er heißt van Dongen ... man sagt, er ist der Wachhund von Groote ...«

»... denn wir würden zur gleichen Zeit an drei verschiedenen Punkten arbeiten ...«

»Wenn wir dieses Projekt vorantreiben«, unterbricht ihn Groote, »wird unsere Investition hinsichtlich der Ausrüstung mehr als 120 Millionen betragen ...«

Hendryck Groote spricht englisch mit deutlich hörbarem Akzent. Könnte ein Deutscher oder ein Niederländer sein. Trotz seiner zarten Gesichtszüge ist sein Blick hart, und seine Gesten sind eher autoritär ... Er pafft heftig mit angewiderter Geste, ohne den Rauch zu inhalieren, und starrt den Minister an.

»... die neben den 230 Millionen für den Bau der drei Hotels unsere Investitionen auf 350 Millionen steigen lassen.«

3

In ihrem Eifer, Brüste, Po, straffe und gebräunte Schenkel herauszustellen, pflegen die Stricherinnen von Havanna minimale Kostüme anzulegen. Zuweilen hat die grotesk zur Schau gestellte Ware einen naiven Charme. Manchmal könnte man weinen, manchmal muß man Lachen; nur selten verspürt man Lust.

Auch Alicia zeigt sich.

Provokativ?

Selbstverständlich: jede kommerzielle Promotion ist im Wesen schamlos. Wenn die Ware aber aus eben jenen Gegenden der Scham besteht, erst recht. Alicias Angebot kann nur als Anmache gelten, wenn sie auf dem Fahrrad sitzt. Zu Fuß sieht sie beeindruckend aus, wunderschön, doch niemals herausfordernd oder grotesk. Sie bedient sich ihres eigenen, originellen Stils, den sie mit Hilfe ihrer Mutter entworfen hat.

Wenn sich Alicia auf die Pirsch nach Ausländern begibt, trägt sie weiße, etwas längere Shorts, die ihr knapp übers Knie gehen. Ein dezenter Tennisdress, der es ihr erlaubt, mit ihren beunruhigenden Fesseln und schamhaften Kniegrübchen Aufmerksamkeit zu erregen. Und dies, ohne für eine Stricherin gehalten zu werden.

Klar, daß alle sie anstarren. Es ist unmöglich, sie von vorne kommen zu sehen, ohne sich sofort umzuschauen, um ihre Nachhut zu bestaunen. Ein sahniges Gesäß auf dem wohlgeformten Becher ihrer schlanken Oberschenkel, die kleine Sticheleien hervorrufen und zu schäbigen

Komplimenten verleiten wie: Mädel, wenn ich dich mal zwischen die Finger kriege …

Einige halten sie für eine Touristin. Wenn Alicia auf den Straßen von Havanna vom Fahrrad steigt, vermag sie manche zu ermutigen und andere in Trauer zu stürzen, weil sie sich dazu verdammt wissen, niemals in ihrem Leben eine solche Frau berühren zu dürfen. Alicia erregt alle, ohne dabei obszön auszusehen. Sie strahlt im sportlich eleganten Look. Alicia prostituiert sich nicht auf der Jagd nach dem schnellen Dollar, sondern will sich einen reichen Ausländer angeln, der sie zu seiner Frau oder seiner Geliebten macht und der über dicke Dollarbündel verfügt, solide Banknoten, die im Ausland ihre Heimat gefunden haben, am liebsten in der Schweiz.

Sie will sich für die Zukunft absichern. Obszönität gehört keineswegs zu ihrem Stil.

Nichtsdestotrotz sind ihre Shorts auf die Zurschaustellung ihres Pos im Straßenverkehr von Havanna zugeschnitten. Alle Shorts von Alicia haben sechs Knöpfe, drei auf jeder Seite. Sie hat sie in vertikaler Reihe selbst angenäht, seitlich an der unteren Hälfte ihrer Hosenbeine. Wenn sie auf das Fahrrad steigt, öffnet sie alle sechs Knöpfe, als würde ihr so das Treten der Pedale erleichtert. Dann klappt sie den Hosenbund einmal um, bringt ihre Taille mehr zur Geltung und offenbart weitere fünf Zentimeter ihrer prächtigen Schenkel. Wenn sie dann auf dem Fahrrad sitzt, treten ihre freigelegten Pobacken in Aktion, in wechselnder Reibung, Tritt links, Tritt rechts, auf einem glänzenden, hochgeschraubten Sattel, so daß die unbequem gestellten Pedale sie zu fesselndem Rhythmus zwingen.

Damit niemand auf die Idee kommt, sie mit einer

Nutte zu verwechseln, trägt sie einen kleinen Rucksack, aus dem ein t-förmiges Zeichenlineal und zwei Papprollen herausragen. Eine Bauingenieurin? Eine Architektin?

Alicia studiert nicht mehr. Doch vor zwei Jahren war sie noch an der Fakultät für französische Sprache eingeschrieben. Heute verfügt sie über eine staatliche Erlaubnis, um als *freelancer* übersetzen zu können. In ihrem Wohnviertel hat sie das Gerücht verbreitet, daß sie gelegentlich für Übersetzungen herangezogen werde. Wer weiß das schon genau ... sagen die Mißgünstigen. Selbstverständlich gibt es immer jemanden, der ihre Hurerei erahnt, aber sie verhält sich so, daß sie nie die offizielle Wachsamkeit in Alarm versetzt.

Darüber hinaus ist ihr Französisch tadellos. Alicia plappert englisch seit ihrer Kindheit. Und nachdem zwei aufeinander folgende Italiener ihr 19 Tage (12 mit Enzo, 7 mit Guido) einen Intensivkursus erteilten, hat sie neuerdings auch Ahnung von der Sprache Dantes. Sprachen liegen ihr. Sie hat ein exzellentes phonetisches Gehör. Und sie lernt mit Eifer. Fragt ständig nach. Wiederholt Wörter und läßt ihre Aussprache korrigieren. Guido war darüber verblüfft, wieviel Vokabular sie auf einen Schlag in ihrem Gedächtnis speichern konnte:

»Eco, ribaldito sul cervello!«

Beim Auflachen wackelte sein Doppelkinn, während er ihren Arsch betatschte. Er glaubte, sie inspirieren zu können und fühlte sich geschmeichelt, ganz klar.

Zum Abschied hat Guido ihr das Versprechen abgenommen, nicht mit dem Lernen aufzuhören. Wenn er in acht Wochen zurückkehren werde, wolle er sie prüfen. Und wenn sie besteht, wird er sie mit einem Preis belohnen.

»*D'accordo?*«

»*Va bene.*«

Wenn sie darüber hinaus ihr Versprechen einhielt, einige Lieder auf italienisch zu lernen, würde der Preis sogar in einer Einladung nach Italien bestehen.

Alicia spielte auf der Gitarre das alte kubanische *feeling*, etwas von Serrat, der Piaf, Leo Ferré, Jacques Brel; doch Guido wollte unbedingt aus ihrer Kehle mit dem tiefem, sinnlichen Timbre das Repertoire von Domenico Modugno, Rita Pavone und anderen seiner *favoriti* aus den sechziger Jahren hören.

Eine Woche später erhielt Alicia via DHL ein Wörterbuch, eine Grammatik, sechs Cassetten und ein italienisches Liederbuch, auf dem handgeschriebene Liebesbezeugungen von Guido zu lesen waren.

Nur schade, daß Guido so dick war, *coño*. Er war eigentlich auch nicht reich genug, zwar verdiente er zwölftausend Dollar monatlich, doch er besaß keine einzige Lira auf seinem Konto, weder Sachwerte noch sonstwas. Bei ihm gab es nichts zu erben. Er hielt sich für einen »Anarchisten im Übergang zum Sozialismus«... stell dir vor! Manchmal sülzte er romantisch herum: das Geld müsse sein Sklave sein, nie werde er Sklave des Geldes sein, und ähnlich blödes Gestammel. Aber ansonsten war er gutmütig, einfallsreich, großzügig. Und er war keine schlechte Partie, dieser Guido. Ein kleiner Scheißer halt. Schade drum.

4

Die jungen Stricherinnen von Havanna, besonders die Anfängerinnen, und das sind die meisten von ihnen, sind begierig auf eine Einladung in Luxusrestaurants.

Alicia zieht es vor, ihre Kunden im eigenen Haus zu bewirten. Wenn sie über die notwendigen Zutaten verfügt, ist die Kochkunst ihrer Mutter für jeden Gaumen annehmbar. Margarita paniert ausgezeichnet Hummerschwänze, versteht sich auf die pikante Zubereitung von Langusten-Enchiladas. Seitdem das Töchterchen für Dollars herumhurt, ist ihre Vorratskammer mit Meeresfrüchten, Gewürzen und Dosen mit Soßen-Fix gut ausgestattet.

Auch Bier und Weißwein in kalt beschlagenen Flaschen fehlt niemals. Dies alles ist Teil des Plans. Man weiß nie, wann genau Alicia mit einem neu erworbenen Besucher hereinschauen wird.

In ihrem Haus braucht der Klient nicht zu zahlen. Alles geht auf Rechnung der Gastgeberinnen. Man will sich für die Höflichkeit dankbar zeigen. Der Ausländer hat nämlich Alicia bei einer Panne mit ihrem Fahrrad geholfen und hat die Liebenswürdigkeit besessen, sie nach Hause zu bringen. Als Gegenleistung lädt Alicia ihn auf einen Drink ein, auf zwei, und warum nicht, auf ein paar Hummerschwänze, die ihre Mutter anbietet. Ja, ja, bitte, nein, macht wirklich keine Umstände, zufällig hat sie das Gericht gerade fertig.

»Scheinbar hast du Eindruck auf sie gemacht«, flüstert

Alicia vertraulich und en passant beginnt sie, ihren Freier zu duzen.

Sie hatte mit der Stoppuhr in der Hand herausgefunden, daß ihre Mutter in exakt siebenundzwanzig Minuten in der Lage war, zwei Dutzend Hummerschwänze aufzutauen, zu würzen und zu panieren und dazu eine Golf-Sauce oder eine kalte Tunke zu bereiten. Das war die Zeit, die sie brauchte, um einen qualitativen Sprung in der Beziehung zu ihrem neuen Freund zu erreichen, von der bloßen Dankbarkeit zu einer warmherzigen Kumpeltour.

Zuallererst ein paar Drinks zwischen Reden und Lächeln. Wenn der Besucher die Fotos entdeckt, die zufällig auf dem kleinen Tisch im Wohnzimmer herumliegen, darunter das traumhafte Nacktfoto von Alicia, das von einem Ölgemälde aufgenommen zu sein scheint, hält sie die S 1 für beendet, so nennt sie den *step number one* ihrer Verführungskünste, und S 2 kann beginnen.

Das Foto dient ihr als Vorwand, den Ausländer in ihr Schlafzimmer zu führen. Dort hängt das Original, ein Meter zwanzig mal achtzig Zentimeter. Ein Profil perekter Brüste. Alicia sitzt auf einem Küchenhocker, die Beine übereinander geschlagen, die Kinnspitze auf die Fingerknöchel gestützt. Ein Lächeln voller Erwartung. Wie eine Vertraute, die ihrem Gesprächspartner aufmerksam lauscht.

»Wer hat das gemalt?«

»Ein Verlobter, den ich mal hatte.«

Sie erzählt ihm, daß der Maler viele Bilder von ihr geschossen hat, bis schließlich dieses eine Foto ihn inspirierte. Aus einer Schublade holt sie das Bild, ein bißchen verändert, aber in gleicher Haltung.

Wenn der Klient in diesem Augenblick eine Offensive

der Lippen oder Hände beginnt, weist sie ihn sanft mit einem Lächeln zurück. Sie öffnet eine kleine Tür und bringt ihn in ein Nebenzimmer. Dort steht ein Doppelbett, großflächige Spiegel hängen an den Wänden, es gibt eine Klimaanlage, ein kleines Bad. Dort gibt es ein weiteres Bild von ihr: Das Gesicht im Vordergrund, ein bißchen in der Vertikale langgezogen, in der Art zwischen El Greco und Modigliani, keineswegs sexy, selbstverständlich.

»Und das?«

»Ein anderer Verlobter.«

Was unweigerlich zu der Bemerkung des Mannes führt:

»Bist du auf Maler spezialisiert?«

In dieser zweiten Phase des Plans verfügt Alicia über mehrere Möglichkeiten. Wenn der Klient als attraktiv gelten kann, wenigstens in seinen eigenen Augen, antwortet Alicia mit einem schüchternen, gut eingeübten Lächeln:

»Ich stehe auf gutaussehende Männer.«

Wenn der Ausländer dick ist, sagt sie:

»Ich stehe eher auf Mollige.«

Der Klient, der diese Antwort nicht erwartet hat, erfährt, daß die Maler der beiden Porträts prächtige vollschlanke sind. In den Urheber dieses Aktbildes sei sie sehr verliebt gewesen, erklärt Alicia und zeigt ihm ein Foto, er sei von solcher Leibesfülle gewesen, daß der Klient sich im Verhältnis zu ihm wie eine Elfe ausnehme, wie er auf dem Foto ja selbst sehen könne. Genau diesen Augenblick nutzt Alicia, um ihm liebevoll über seine Wampe zu streicheln und sein hängendes Doppelkinn zu tätscheln, als Beweis dafür, wie sehr sie auf Dicke steht. Sie verliert sich in weitschweifigen Erzählungen, wie besessen sie früher mal von einem wohlbeleibten Typ gewesen sei, die personifizierte Zärtlichkeit. Ihr Idol aus Mädchentagen. Als sie ihm endlich verrät, daß ihr Traumbild ein Sumo-Ringer sei, schmilzt der Kunde dankbar dahin.

Wenn der Dicke nicht verklemmt ist, akzeptiert sie den ersten, flüchtigen Kuß. Wenn er Komplexe hat, küßt sie ihn.

Und je nachdem, ob der Kunde sehr schlank, klein, alt oder häßlich ist, zufälligerweise sehen die beiden Aktmaler ganz genau so aus. Alicia hat eine ganze Sammlung von Fotos, die dies bezeugen. Während dieser Phase im Verführungsprozeß gibt sich Alicia alle Mühe, den Freier zu überzeugen, daß seine körperlichen Nachteile nicht gegen ihn sprechen, sondern eher für ihn.

Wenn sich nach diesen ersten Scharmützeln herausstellt, daß der Klient keine Potenzprobleme hat und er im Bett eine ausdauernde Erektion halten kann, bietet Alicia ihm praktischen Unterricht in kubanischer Tanzkunst. Eine Spezialität für auswärtige Gäste, bei der sie sich gewagte pädagogische Innovationen ausgedacht hat.

Sie hat eine eigene Theorie. Um die sinnliche Ausstrahlung zu erreichen, die einen guten Tänzer karibischer Rhythmen auszeichnet, ist es von Nutzen, den Schüler schon bei Unterrichtsbeginn in gewisse, horizontale Übungen einzuführen, die sie selbst entworfen hat.

Ihre Theorie läuft darauf hinaus, daß jeder, der im Bett das Tanzen zur Zufriedenheit seines Partners gelernt hat, später auf jeder Piste bestehen kann.

Normalerweise beginnt Alicia die Beziehungen zu

ihren gut gerüsteten Partnern auf einer Bodenmatte. Und fast alle stöhnen am Ende in rhythmischer Lust. Sie behauptet, diese pädagogische Vorgehensweise erlaube ihr schon nach der ersten Stunde dahin zu gelangen, daß ein Deutscher, ein Schwede und sogar ein Kosake mit den Hüften wackeln könne.

Es versteht sich von selbst, daß ein Mann niemals ohne Hüftschwung und Bewegung der Pobacken graziös zu karibischer Musik tanzen kann. Doch Alicia hat entdeckt, daß für viele Europäer, alles Erben der rigiden Marschtradition ihrer Länder, den Arsch in Schwung zu bringen, keine Sache der Männer ist. Sie schämen sich. Ihrer Meinung nach reiche es aus, wenn sie es schon in der ersten Stunde fertigbringen, das Gesäß zu bewegen, mit dem Kopf nach unten und auf dem Rücken eine schöne Frau, die den Rhythmus klopft oder mit hölzernen *claves* schlägt. Das löst sofort ihre Komplexe. Sie legen endgültig alle Hemmungen ab. Auf diese Weise werden sie zu geeigneten und viel versprechenden Schülern gemacht.

Es gibt natürlich auch unmögliche Schüler, die es weder schaffen, die Hüften kreisen zu lassen, noch die Pobacken rhythmisch zu bewegen. Vor kurzem noch brachte ein Dicker, der sich als sturer Baumstamm erwies, Alicia in Rage. Jedesmal, wenn sie ihn bat, mit dem Becken zu schwingen, brachte der Kerl es nur fertig, den Arm mit erhobenen Ellenbogen zu schwenken und beim schneller werdenden Takt, kurz vor dem Orgasmus, hatte der Trottel ihr sogar einen Hieb in den Bauch versetzt. Manchmal sind auch die Beschaulichen unfähig, dem Rhythmus zu folgen. Sie sind von ihrer eigenen Lüsternheit gelähmt, wenn sie Alicia im geschickt angebrachten Spiegel sehen, wie sie ihre

Brust neigt, um sich zu bewegen, oder während sie sich auf dem Boden neben ihnen ausstreckt, um das Aufnahmegerät zu bedienen, das sie für ihren Unterricht benutzt.

Trotz ihrer Reitstellung schafft es Alicia, mit dem ganzen Körper zu schwingen, mit Ausnahme ihrer Beine.

Wenn der Mann ihr ein wenig gefällt, gibt sie sich ganz dem Tanz hin. Und sie gibt sich wirklich hin, ohne dem Klienten etwas vorzumachen. Dabei befriedigt sie sich auf ihren Freiern ohne Anstrengung. Alicia macht sie alle verrückt. Ihre Freier platzen vor Eitelkeit.

Alicias Toleranz hat selbstverständlich ihre Grenzen. Niemals nimmt sie indiskutable Klienten mit nach Hause. Wenn bei der ersten Begegnung auf der Straße der Typ widerliche Züge aufweist, lehnt sie es sofort ab, in seinen Wagen zu steigen.

Bei den meisten legt sie zu Hause ein eingeübtes Verhalten hin.

Wenn sie mit den Typen aus dem Nebenzimmer kommt, hält sie die Klienten nicht mehr an der Hand, sondern preßt sie an ihren Arm und läßt sie die Wölbung ihrer Brust spüren.

Ja, sie sollen das straffe junge Fleisch durchaus fühlen.

Währenddessen erzählt sie in vertraulichem Ton, daß dieses Doppelbett mit den gewagten Spiegeln momentan unbenutzt sei. Es bleibe für Gäste reserviert. Vor zwei Jahren noch sei dies das Schlafzimmer ihrer Eltern gewesen.

»Doch seitdem sie geschieden sind, weigert sich Mama, es zu benutzen, oder genauer gesagt«, fügt Alicia ernst und mit verführerischer Chuzpe hinzu, »sie benutzt es nicht mehr – zum Schlafen.«

Anschließend gehen sie hinaus in den Garten, und während sie einen Hund hätschelt, der aufgehört hat, dort Wache zu halten, um die beiden mit schmierigem und hechelndem Schielen anzustarren, läßt sie sich schnell unter einem Limonenbaum ein wenig streicheln.

Wenn sie ins Wohnzimmer zurückkehren, kommt plötzlich Margarita aus der Küchentür und hält eine Gitarre in der Hand.

»Leonor läßt fragen, ob du sie ihr für Samstag wieder leihen kannst.«

»Schon wieder«, sagt Alicia resigniert, während sie das Instrument aus der Hülle holt und die Saiten stimmt.

Dann beginnt sie zu singen, immer dasselbe Lied, eins von Marta Valdés.

Es folgen weitere Drinks und die leckeren panierten Hummerschwänze. Auch Margarita singt dann ihren Bolero aus den 50er Jahren, aber ach, ich verspäte mich, leider, leider muß sie gleich gehen ...

Wenn sie schließlich alleine sind, kann alles Mögliche passieren. Diejenigen, die über ein Mindestmaß an Eigeninitiative verfügen, bringt Alicia sofort ins Bett, und dort agiert sie je nach den Fähigkeiten oder Schwächen, die sie bei ihnen in Erfahrung gebracht hat. Aber alle erhalten eine virtuose Behandlung.

Die natürliche Folge ist, daß die Männer sie zu einem Abendessen ins La Cecilia, ins ToCororo oder in eins der vielen guten und teuren Restaurants einladen, die Ausländer auf Kuba zu besuchen pflegen.

»Hör mir gut zu«, unterbricht Alicia sie mit zarter Entschiedenheit, geschlossenen Augen, eindeutig dominierend.

»Wenn mir ein Mann gefällt, nehm ich ihn mir. Und

du hast mir gefallen. Aber ich werde keine Einladung zum Ausgehen akzeptieren. Ich will keinen falschen Eindruck erwecken.«

Wenn einer von ihnen versucht, ihr Geld anzubieten, kann sie sogar in Wut ausbrechen.

»Wenn du Wert auf meine Freundschaft legst, tue das nie wieder. Bitte beleidige mich nicht«, sagt sie und streckt ihren Zeigefinger auf ihn. »Das einzige, was wir in diesem Land noch haben, ist die Würde. Nur mein Vater darf mir Geld geben.«

»Aber, wie kommst du denn darauf ...« versucht sich der Typ verwirrt zu wehren.

Also klar, weder Geld noch Einladungen zum Ausgehen. Alicia wird weder Restaurants, Hotels, noch Läden für Ausländer besuchen, auf keinen Fall will sie in den Verdacht geraten, eine *jinetera* zu sein. Manchmal muß sie genau erklären, was eine *jinetera* in Havanna ist. Das ist nicht mit einer Hure gleichzusetzen, aber doch sehr ähnlich. Der Klient erfährt dann, daß ihr Vater Germán mehrere Posten im Ausland bekleidete, in kubanischen Handelsmissionen. Als kleines Mädchen habe Alicia mehrere Monate in Europa verbracht.

»Abgesehen davon, mein Kleiner, mir tut die Situation meines Landes im Herzen weh«, fügt sie mit patriotischem Blick hinzu, »von den Dollars, die du für uns beide in Luxusrestaurants ausgibst, kann eine kubanische Familie drei Monate lang essen.«

Verdammt, das teure Essen würde ihr im Hals steckenbleiben. Doch, nun ja, wenn der Klient darauf bestehe, sie zu umgarnen, so könne ihre Mutter für viel weniger Geld zehn Gäste bekochen, und außerdem noch viel besser. Es wäre sogar möglich, Gäste einzuladen, wenn er das wünsche.

Eins der vorausschaubaren Ergebnisse (so geschehen bei sechs der vierzehn Klienten, die Alicia in anderthalb Jahren durch ihr Wechselspiel von Fahrradverführung, Gitarrenkunst und unverblümter Aufrichtigkeit in den häuslichen Hafen gebracht hat) besteht darin, daß der Mann die beiden Frauen großzügig mit Essen und Getränken versorgt, so daß sie, genügsam und sparsam, viele Wochen davon leben können. Ein Teil der Einkäufe wird für die Bewirtung neuer Kunden gebraucht, der andere Teil auf dem Schwarzmarkt zu horrenden Preisen verkauft. Denn die Tatsache, daß Alicia keine Geldgeschenke annimmt, hindert sie nicht daran, Naturalien zu akzeptieren.

Sie besitzt eine kleine Armbanduhr (immer dieselbe), die stets im Beisein ihres Klienten den Geist aufgibt. In den achtzehn Monaten der Ausübung ihres neuen Gewerbes hat sie schon acht Armbanduhren geschenkt bekommen, in einem Gesamtwert von zweitausendzweihundert Dollar. Man hat ihr darüber hinaus zwei große Kühlschränke geschenkt, ein Klavier, drei Konzertgitarren aus edlen Hölzern, fünf CD-Anlagen, einen PC und einen Laptop, ein Motorrad (auch wenn sie das Radeln vorzieht).

Und in den Hitzemonaten, verdammt noch mal, wieder ist diese blöde Klimaanlage im Spiegel-Zimmer ausgefallen, bekleckert sie sich halbnackt mit Öl, mit dem Schraubenzieher in der Hand kämpft sie mit der Anlage. Der Klient ist niedergeschmettert durch den Kurzschluß, den die Mutter absichtlich am Sicherungskasten herbeigeführt hat. Alicia schimpft, tritt auf diesen Scheißapparat, heulend, einem Weinkrampf nahe, jetzt, wo sie die Klimaanlage am meisten brauche, verdammt, wird überaus glaubhaft wütend, weint mit so tief empfundener

Ohnmacht, wirft mit koketter Geste ein billiges Stück Porzellan auf den Boden, daß der gegenwärtige Bettgenosse schon ein herzloser Schurke sein muß, wenn er am nächsten Tag nicht mit einer nagelneuen Klimaanlage auftaucht.

Wenn der durch das Pedalieren gewonnene Klient, ins Haus gebracht und nach den gehabten Annehmlichkeiten, darauf besteht, gehen zu müssen, um Termine, Sitzungen etc. wahrzunehmen und Alicia in sein Hotel einladen will, bleibt sie hartnäckig bei ihrem Plan. Schließlich einigen sie sich auf ein Abendessen bei ihr zu Hause. Der Klient darf immerhin alle Vorräte herbeischaffen.

»Danach kannst du, wenn du willst, hier schlafen«, sagt Margarita mit der größten Selbstverständlichkeit der Welt.

(Im Sommer erlaubt ihr diese Variante, das Ende der Klimaanlage vorzutäuschen oder des Eisfaches im bescheidenen sowjetischen Kühlschrank. Du blöde Kiste, ich muß mich schon wieder für dich schämen.)

Für gemeinsam geplante Abendessen, bei denen der Klient mit seiner Eroberung prahlen will und Gäste mitzubringen gedenkt, bietet die Kochkunst Margaritas zwei weltläufige Möglichkeiten: das *Fondue bourguignonne* (mit den ganzen dafür notwendigen Gerätschaften) oder das aus Hühnerfleisch zubereitete Huhn à la Maryland. Eigentlich ist Margaritas Stärke das Hühnergericht. In vierzig Minuten ist das Huhn entbeint, die Füllung ist fertig und das Tier mit Holzspießen verschlossen. Erst in einen Dampfkessel, danach eine weitere halbe Stunde braten. Doch das gehört ins Reich der improvisierten Zubereitung.

Wenn ein Klient die kreolische Küche in den Himmel

lobt, so wie er sie in der *Bodeguita del Medio* kennengelernt hat, gibt die Mutter ein kicksendes Sopran-Lächeln von sich.

»Was sagst du, in der Bodeguita kann man gut speisen?«

Und schon duzt sie ihn ganz selbstverständlich, klopft ihm auf die Schulter, macht Witze und lädt ihn ein, von ihrer kreolischen Küche zu kosten, die natürlich viel besser schmecke.

Und bis zu einem gewissen Punkt stimmt das sogar.

Doch als kreolische Köchin ist Margarita eine Schwindlerin. Wenn der Gast Europäer ist oder von der Südspitze des amerikanischen Kontinents kommt, ersetzt Margarita die Yucca mit Sauce durch sehr gut gebeizte Kartoffeln, sie serviert das Schweinefleisch sehr trocken mit einer angenehmen rosa Farbe, bereitet den körnigen, kubanischen Reis mit Meeresfrüchten und würzt ihn mit vielen Ingredienzien, die die traditionelle Zubereitung nicht kennt. Doch zweifellos gelingt es ihr, die hohe Kochkunst im Geschmack zu imitieren, leicht gelb und süß, wie alle loben.

Auch mit italienischer Pasta versteht sie zu glänzen. Cannelloni, Lasagne, Fettuccini, Ravioli, Gnocchi: *alla Bolognese, alle vongole, all'arrabiata, penne alla putanesca.* Sollte es mehr als acht Gäste bei Tisch geben, behilft sie sich mit einer Paella.

Wenn Alicia schüchterne, impotente Klienten betreut, alles Typen, die ihr viel Mühe abverlangen, kommt sie in Hochform. Ein gewisser Fatalismus, der ihr eigen ist, sagt ihr, daß ihr Prometheus, der sie von den Stromausfällen und den Widrigkeiten der kubanischen Engpässe befreien wird, in der Gestalt eines Impotenten erscheint. Also, wenn einem Typ das Eisen nicht hart wird, während Alicias Vorspiel den dritten Grad der Stimulierung erreicht, verfällt sie in unkontrollierte Eile, zieht sich aus, um ein wenig zu masturbieren, und fleht den Kunden an, der sich immer noch nicht ausgezogen hat, ihr einen Cunnilingus zu widmen, den sie mit Fingermanövern unterstützt, bis er bei ihr in einem authentischen Orgasmus mündet, mit Zuckungen, Stöhnen und kleinen Bissen.

Wenn er trotz alledem keine Erektion bekommt, bedrängt sie ihn nicht und zeigt sich dankbar in eigener Befriedigung. Jedoch bei der kleinsten bejahenden Antwort, unternimmt sie jede Mühe, bis ihm das Knochenmark ausgesaugt ist. Niemals hat sie versagt. Danach zeigt sie sich voller Aktivität, glücklich und dankbar. Neuerlich greift sie zur Gitarre, singt, kocht. Der Klient muß nun über sich ergehen lassen, daß sie seine Zehennägel schneidet oder sein Haar und daß sie ihn badet. Er muß tolerieren, daß sie bei ihm verschiedene Frisuren ausprobiert und mit ihm spielt, als sei er eine chinesische Porzellanpuppe oder ihr Nachtglöckchen. Alicia hat von ihrer Mutter gelernt, daß die meisten Kerle nichts anderes als große Puppenkinder sind.

Von dieser Männervariante hat Alicia nur zwei Exemplare betreut (Guido und Jack) und beide haben ihr Reisen ins Ausland vorgeschlagen.

Von der furchtbaren Sorte der Widerlichen (Sadomasochisten, Alkoholiker, Bettfurzer, Männer mit übelriechendem Atem usw.) ist ihr glücklicherweise kein einziger untergekommen. (Und sie klopft auf Holz dabei.) Doch sollte sie irgendwann mal, irrtümlicherweise, in den Armen eines Vertreters dieser widerlichen Sorte landen, so ist sie darauf vorbereitet, sich seiner mit einer zynischen Ausrede zu entledigen:

»Süßer, das macht zweihundert Scheine«, wird sie ihm sagen. Für die nächsten Tage habe sie anderweitige Verpflichtungen, sei für ihn nicht mehr verfügbar und wird Termine mit anderen Klienten vortäuschen.

5

Victor, der gut aussehende Mann, dem wir bereits begegnet sind, als er Hendryck Groote die Zigarre anzündete, sitzt jetzt am Steuer eines roten Chevrolet und fährt durch Havannas Straßen.

Jan van Dongen mit dem riesigem Rüssel begleitet ihn. Im Autoradio Salsa-Musik. Sie sprechen englisch. Van Dongen erklärt Victor die Gründe, warum er glaubt, daß die kubanische Regierung sein Tourismusprojekt verbunden mit der Suche nach versenkten Galeonen genehmigen wird.

»*Shit!*« Victor unterbricht ihn mit einem zornigen Hupen. Mit einer Kopfbewegung weist er auf vier Radfahrer, die die ganze Breite der Fahrbahn blockieren.

»*Look at these assholes!*«

Er hupt noch zweimal. Dann noch mal. Doch die Typen reagieren nicht. Einer von ihnen, der weiterradelt, als ob nichts wäre, macht eine obszöne Geste mit der Hand, ohne sich umzudrehen.

»Fick deine Mutter«, ruft ihm Victor hinterher und setzt auf spanisch fort: »Wie könnt ihr es wagen, *carajo!*«

Frechheit! Die Radfahrer benutzen nicht die Fahrradspur, sondern nehmen doch tatsächlich die ganze Uferstraße am Malecón für sich in Anspruch.

Tüt – tüt – tütüt.

Nichts zu machen. Die Hurensöhne unterhalten sich, als würden sie in einem beschissenen Park spazierengehen. Jedesmal, wenn Victor außer sich gerät, greift er auf mexikanische Schimpfwörter zurück.

Um sie zu überholen, fährt er regelwidrig über den durchgezogenen Strich und beschleunigt zornig auf der Gegenfahrbahn. Als er wieder auf seiner Straßenseite angekommen ist, bremst er heftig ab und fährt langsam neben einer Fahrradfahrerin her, die ganz korrekt die Radspur benutzt. Er wird sich bewußt über das stolze und prächtige Agieren jener Pobacken, die er soeben passierte und dabei flüchtig wahrgenommen hat, er bremst, läßt sie vorfahren und ist so geblendet, daß er weder die Tiraden noch die Klagen der abgedrängten Radfahrer wahrnimmt.

Viele Monate nach diesem ungewöhnlichen Manöver, das sein Leben prägen sollte, hätte Victor nicht erklären können, was ihn damals dazu getrieben hat. Tat er es, um diese vier Arschlöcher zu ärgern? Um ihnen zu zeigen, daß er es ihnen mit gleicher Münze heimzahlen konnte? Hatte er sie provozieren wollen?

Autofahrer und Fahrradfahrer zu provozieren, war nicht seine Sache, auch nicht, mit ihnen primitive Beleidigungen auszutauschen.

Ein vernebelter Blitz in seinem sublimierenden Gedächtnis brachte ihn gelegentlich dazu, sich zu fragen, ob sein plötzliches Bremsen nicht eine rein hormonelle Reaktion gewesen war, ein Diktat seiner Hoden, vom Gehirn zum Gaspedal in einer tausendstel Sekunde geschossen. Er erinnerte sich sogar daran, warum er so lange gebraucht hatte, um zu bemerken, warum die vier Scheißkerle ihm den Weg versperrt hatten. Klar, so einen Arsch direkt vor der Nase, da wollte niemand regelgerecht auf der Radspur bleiben. Als sein Wagen ihnen das Spektakel vermasselt hatte, bogen die beiden rechtsfahrenden Radler zur entgegengesetzten Straßenseite ab.

»*Of course,* ich hätte dasselbe getan«, bemerkte Jan.

Victor ist nach wie vor geblendet vom Rauf und Runter auf dem Fahrradsattel.

»Heiliger Gott! Glaubst du, daß das eine Nutte ist?«

»Glaube ich nicht. Sieht eher wie eine Studentin aus.« Die riesige Nase rümpft sich beim Sprechen.

»Mmmmmh ... wie auch immer, Zugang zu so einem Arsch zu kriegen, würde mir schon gefallen, Jan ...«

Victor beschleunigt die Fahrt und fährt parallel zu ihr.

Die junge Frau, eine Blondine mit stark gebräunter Haut, hat ein wunderschönes Profil.

Als Victor das Fenster herunterläßt und ihr sein erstes Alain-Delon-Lächeln schenkt, schaut sie ihn ohne jegliches Interesse an.

Sie tritt fest in die Pedale. Hat straffe Brüste und aufregende Lippen. Auf ihrem Rücken tanzen das T-Lineal und zwei Papprollen.

Als sie auf der Höhe des Hotel Riviera ankommt, beschleunigt sie ihre Fahrt, streckt den Arm aus, um ihm zu zeigen, daß sie auf die linke Spur abbiegen will, radelt genau vor seine Stoßstange und wartet ein wenig, bevor sie weiter nach links driftet.

Bei meiner Mutter, gibt's denn sowas!

Der Ansatz der rosafarbenen Pobacken, morbide und rundlich, tritt auf beiden Seiten des Sattels hervor. Es ist lange her, daß Victor eine Erektion im Straßenverkehr verspürt hat.

Als sie vor dem Hotel abbiegt, fahren die vier Radfahrer weiter den Malecón hinunter.

Jemand ruft ihr etwas Vulgäres zu. Lautes Gelächter ist zu hören.

Victor schaltet schnell. Diese Pobacken, die ihm Havannas Straßenverkehr geradezu zwangsläufig offeriert, sind genau das, was Victor jetzt braucht. Wem du es heute kannst besorgen ... Er würde ihr, ganz gleich wohin, folgen.

Auf der Straße zu entern, ist zwar nicht sein Stil, aber er wird es versuchen.

Er bremst und sagt zu van Dongen: »Verzeih mir, Jan, aber ich will diese Gelegenheit nicht verstreichen lassen. Bitte steig aus. Hier gibt es genügend Taxen ...«

»No problem«, lächelt der große Nasenträger, *»and good luck.«*

Jan steigt aus und läuft zurück ins Hotel Riviera.

Das Fahrrad ist an der *Calle Tercera* abgebogen und Victor verliert es aus dem Blick. Er gibt Gas und entdeckt sie wieder, gerade als die Radlerin sich anschickt, bei der nächsten Straße links abzubiegen. Der rote Chevrolet fährt etwa zwanzig Meter hinter ihr.

Victor schaut auf die Uhr, greift nach seinem Handy und wählt schnell eine Nummer.

»Margaret? Ja, ich bin's. Bitte sag Karl Bos, daß ich heute nicht kann. Ich fühl mich nicht wohl. Nein, bleib ganz ruhig, es ist nichts Ernstes. Magenschmerzen, etwas Fieber. So isses. Bitte ihn um einen neuen Termin ... OK, danke schön ...«

Kurz davor, die nächste Straßenkreuzung zu überqueren, beugt sich Alicia nach unten, schiebt den Metallstift heraus und das Pedal springt raus. Sie läßt sich nach vorne fallen. Als sie versucht, sich schnell wieder zu erheben, merkt sie, daß ihr Fuß in den Speichen eingeklemmt ist, die eine Hand am Lenker, die andere auf den Asphalt gestützt. Diese Stellung erlaubt ihr eine atemberaubende Zurschaustellung ihrer Nachhut.

Victor steigt großmütig aus und läuft zu ihr hin, um hilfsbereit zu sein.

»Haben Sie sich weh getan, *señorita?*«

Alicia steht wieder auf den Beinen. Sie hält das Pedal in der einen, eine Schraube in der anderen Hand. Sie schaut Victor zornig an, als sei er der Schuldige.

»Scheißding!« Sie verpaßt dem Fahrrad einen wütenden Fußtritt und seufzt auf.

»Nicht doch, junge Frau, ganz ruhig bleiben. Kann ich Ihnen behilflich sein?«

Sie dreht ihm den Rücken zu, die Hände in die Seiten gestützt und beugt sich hinunter, um ihre Knie zu untersuchen.

Angesichts der erneuten Zurschaustellung ihres Hinterns beißt sich Victor auf die Lippen.

Ohne sich umzudrehen, murmelt sie: »Und wie wollen Sie mir helfen? Wenn bei diesem Mistding die Pedale klemmen, muß ich zu Fuß weiter ...«

»Gestatten Sie mir, Sie zu begleiten. Das Fahrrad paßt bestimmt hinten rein ...«

Alicia schaut ihn überrascht an: »Paßt es wirklich da rein?«

»Kein Problem ...«

»In welche Richtung fahren Sie denn?«

»Ich fahre dahin, wohin Sie wünschen.« Er widmet ihr ein weiteres Alain-Delon-Lächeln.

Sie lächelt nicht zurück.

Mit der diskreten Zustimmung einer Mona Lisa unterzieht sie ihn einer visuellen Inspektion, von Kopf bis Fuß, ohne Eile, mit einer gewagten Zwischenlandung an der Stelle, wo sich die Schenkel treffen.

»Danke«, sagt sie endlich und gibt einen Seufzer der Erleichterung von sich.

Victor lächelt erneut, er ist sich sicher, das Examen bestanden zu haben.

6

Wenn ein Kunde sich in den ersten achtundvierzig Stunden als nicht besonders ergiebig erwies oder ankündigte, daß er bald das Land verlassen müsse, stieg Alicia am nächsten Tag ganz diszipliniert wieder in ihre Pedale.

Schon als junge Frau war sie früh entwickelt gewesen. Mit fünfzehn Jahren hatte sie eine traumhafte Figur, sehr blaue Augen, überaus sinnliche Nasenflügel und diese goldbronzene Haut, die karibischen Blondinen so viel, wenn nicht mehr Sex verlieh als den ach so gerühmten Mulattinnen.

Alicia verliebte sich in ihren Sportlehrer, eine schwarze Statue von einem Mann, und verzehrt von einer Lust, die sie nicht mehr unterdrücken konnte, brachte sie ihn dazu, sie auf einer Turnmatte zu nehmen.

»So ist das Lebens«, bemerkte ihre Mutter resigniert.

Das hatte sie vorausgeahnt. Der Apfel fällt nicht weit …

»Wenn du schon dabei bist, dann lerne es richtig. Paß mal auf …«

Margarita machte sich daran, ihre Tochter auszubilden, eher mit Neid als mit der Liebe einer Mutter brachte sie ihr alles bei, was sie selbst gelernt hatte. Da das Kind kein kleines Mädchen mehr war, weihte sie Alicia in ihre eigene Ehegeschichte ein. Ihr Vater hatte Geliebte. Margarita mußte viel einstecken. Sie verehrte Germán, doch lieber versank sie im Erdboden als ihre Würde zu verlieren. Sie angelte sich einen Typen, dann noch einen und noch einen. Als Germán dies erfuhr, verließ er Sie. Er sagte, sie habe ihm etwas Unverzeihliches angetan.

»Er durfte, ich nicht. Verstehst du?« sagte sie wütend, mit abschätzigem Blick.

Was den Beschluß betraf, als Prostituierte zu arbeiten, oder »rumzuhuren«, wie Alicia ohne Euphemismus noch dramatischen Unterton es nannte, hatte Margarita ein ruhiges Gewissen. Die Idee kam ja von Alicia. Allein ihre Entscheidung. Sie hatte sie mit einundzwanzig getroffen, als sie volljährig und ein richtiges Weib geworden war. In vielerlei Hinsicht sogar reifer als ihre Mutter. Mutiger gar als der Nationalheld Maceo. Das kannst du mir glauben. Woher hatte dieses Kind nur soviel Mumm?

Als Mutter hatte sie, wie gesagt, keinerlei Gewissensbisse. Nicht mal, weil Sie Alicia mit Enthusiasmus unterstützt hatte. Was hätte sie denn anderes tun sollen? Als ihren eigenen Beitrag hatte sie sogar Carlos geopfert, ihren letzten Hengst, der vor einigen Monaten bei ihnen im Haus eingezogen war. Schade eigentlich. Im Bett war er nicht übel, ein ruhiger Kerl, verliebt genug, um Margarita all das zu bieten, was ihm zur Verfügung stand, ohne sie jemals wegen mangelnder Zuwendung oder Eifersüchteleien genervt zu haben. Aber er stand eben im Wege …

Sie warf ihn ohne große Erklärungen hinaus.

»Nichts! Mir reicht's, fertig. Beweg dich, nimm dein Zeug und verpiß dich.«

Natürlich stand Carlos hauptsächlich den Bestrebungen der Kleinen im Wege, so ein vernünftiges Unternehmen, ganz klar. Wenn das Mädchen es so beschlossen hatte, dann auf zur Tat! Bloß keinen Aufschub, denn so ein Po, so eine junge Haut und dieser Mumm würden kein ganzes Leben anhalten.

Der Einfall, sich als Pedalöse anzubieten, sowie ein Gutteil der Tricks, um die Kunden zu verführen und abzuzocken, stammten von Alicia, aber Margarita, ebenso wie die Königin Isabella von Kastilien, hatte fest an das Projekt geglaubt und verkaufte ihr letztes Juwel, um mit den Dollars das Fahrrad zu erwerben.

»Jetzt oder nie«, hatte Alicia beim Fahrradkauf gesagt.

Nur wegen ihm, dachte Margarita und erinnerte sich grollend an ihren Ex-Ehemann. Und an Gorbatschow, diesen glatzköpfigen Hurensohn, der alles vermasselt hatte.

Wäre es nicht zum Zusammenbruch der Sowjetunion gekommen, so würde es auf Kuba nicht die Restriktionen der Sonderperiode geben. Vielleicht hätte Alicia sogar ihr Studium beendet. Ganz gewiß hätte sie unter den Kadern, Technokraten oder Künstlern einen Ehemann gefunden, wie es ihr Mädchentraum gewesen war. Doch schon 1991, als die Krise schwer auf Magen, Füße und Bewußtsein schlug, war es mit dem Patriotismus von Alicia endgültig aus, und sie beschloß, Nutte zu werden.

»Ja, doch, eine Nutte! Eine Nutte, na und?« beharrte das Kind damals.

Als man damit anfing, ein Brötchen pro Kopf zu verteilen und die stundenlangen, täglichen Stromausfälle zur Regel wurden, entschied Alicia, sich einen reichen Ausländer zu besorgen, der sie außer Landes bringen und ihr ein Leben nach ihren Ansprüchen bieten konnte.

Sie begründete es damit, daß sie nur *ein* Leben habe und ihre Ansprüche eben sehr hoch seien. Diese wollte Sie in diesem einzigen Leben erfüllt sehen, und je eher, desto besser. Kein Wort mehr darüber. Wenn sie Fidel in der Glotze sah, schaltete sie ab. Zum Teufel mit der Moral und den Prinzipien. Jawohl, eine Nutte.

Margarita mußte sich damit abfinden. Was hätte sie denn machen können? Sie hätte ihre Tochter doch nicht davon abhalten können. Mit verschleiertem Blick mußte sie zugeben, wenn sie zwanzig Jahre jünger gewesen wäre, hätte sie genauso gehandelt.

»Meine arme Tochter ...«

»Zum Teufel mit der Armut. Jammern kann man in der Kirche.«

Weder Alicia noch die Mutter waren je gegen die Revolution gewesen.

1948 geboren, hatte Margarita in den sechziger Jahren Malerei in San Alejandro studiert, später ein paar Semester Kunstgeschichte. Es folgte die Eheschließung und die Reisen. Mit Germán, einem Funktionär im Ministerium für Außenhandel, der knapp zwanzig Jahre älter als sie war, hatte sie fünf Jahre in Belgien und drei Jahre in England verbracht. Margarita stammte aus der alten Oberschicht Havannas. Um ihrem Germán zu folgen, einem stattlichen Mann, schön, patriotisch und treu zu Fidel stehend, desertierte sie von ihrer reichen Familie, die schon 1960 nach Miami emigriert war. Sie hatte sich stets zum revolutionären Prozeß bekannt. In einer durchaus bequemen Position, klar, aber sie stand immerhin zur Fahne.

Nach ihrer Rückkehr hatte sie in einem Museum gearbeitet und seit zehn Jahren im Außenhandelsministerium, anfangs als Sekretärin und später als Protokollchefin. In dieser liberalen und kosmopolitischen Atmosphäre im Umgang mit Ausländern fühlte sich Margarita in ihrem eigentlichen Metier, und obwohl sie sich stets für eine Revolutionärin hielt, ließen ihr Patriotismus und ihre Überzeugungen nach, als Germán sie 1987 wegen einer anderen sitzenließ, die jünger war.

Seitdem hatten Margarita und Alicia viele der Privilegien, die ihnen bis dahin zustanden, verloren. Allerdings überließ der Verflossene ihnen das zweistöckige Haus in Miramar: fünf Schlafzimmer, Vorgarten, ein baumbestandener Hinterhof, eine Garage mit dem alten Triumph, den sie aus England mitgebracht hatten, der aber bereits vor zwei Jahren in der Schmelze gelandet war.

Solange Alicia keinen festen Klienten hatte, dem sie sich tagelang widmen konnte, ging sie per Rad auf Jagd. Wenn sie keinen an der Angel hatte, pedalierte sie sieben Tage die Woche, morgens von zehn bis zwölf, nachmittags von vier bis sechs.

Ihre Vorgehensweise war einzigartig in Havanna.

Der Beweis für ihren Erfolg bestand darin, daß sie in nur wenigen Monaten bereits vier ernstzunehmende Anträge für eine feste Verbindung im Ausland erhalten hatte: Panamá, Argentinien, Deutschland, Italien.

Der Panamese war stinkreich und gutaussehend, aber gewiß ein häuslicher Despot, zudem roch er mafiamäßig; der Deutsche war noch reicher, aber zu alt und sehr kränklich. Der Argentinier, ein Muttersöhnchen, reicher Erbe, Unternehmer, aber ein wenig grün hinter den Ohren und ein Nörgler dazu. Von den vieren hätte sie sich für den Italiener entschieden, der wiederum kein Geld besaß, außerdem zu dick war und reichlich tölpelhaft.

Es mußte weiter in die Pedale getreten werden.

7

In einem ziemlich unordentlichen Raum stehen auf improvisierten Holzregalen und auf dem Boden mehrere Ventilatoren, ein elektrischer Herd, ein Kühlschrank, Gitarren, Fahrräder, ein Motorrad ...

Margarita in Schürze und Gummihandschuhen muß die Beine anheben, um zwischen dem ganzen Gerümpel umherzuwaten, weil sie sich ein Etikett genau ansehen will, das auf einer Klimaanlage klebt.

»Das hier ist ein Westinghouse, kann ich dir für eintausend ...«

Ein Mulatte, über vierzig Jahre alt, der ein geblümtes Hemd trägt, eine goldene Halskette, ein weißes Hütchen mit kleiner Krempe, eine Zigarre im Mund, hebt die Hände theatralisch über seinen Kopf.

»Und für diesen anderen da achthundert ...«

»Du willst ja mein ganzes Volk umbringen, Margarita, sei doch nicht so hart ...«

»Genau, Mädchen«, fügt ein junger Blondschopf hinzu, groß gebaut, mit starken Muskeln, »du willst uns noch zermahlen. Wir wollen dir doch die beiden abkaufen ...«

Margarita, die ihrer Sache ganz sicher ist, erwidert freundschaftlich: »Grein hier nicht so rum, mein Lieber! Achtzehnhundert für beide oder gar nichts ...«

Man hört einen Wagen vorfahren. Margarita geht zum Fenster und schaut hinaus.

»Verdammt noch mal, das ist Alicia mit einem Gast, ich habe nichts vorbereitet.«

Sie läuft ins Wohnzimmer, nimmt eine Gitarre und läßt sie in der Abstellkammer verschwinden. Dann öffnet sie eine Kommode, holt ein Aktfoto von Alicia heraus und legt es gut sichtbar auf einen kleinen, runden Tisch, zu einem Stapel anderer Fotos. Sie registriert den Spirituosenbestand in der Bar, überprüft im Gegenlicht den Inhalt einer dunklen Flasche und verschwindet in der Küche.

Dort öffnet sie den Kühlschrank, nimmt einige Bierflaschen aus der Innenseite der Tür und legt sie ins Kühlfach, in das sie auch ein paar Gläser stellt. Aus dem gleichen Fach holt sie die Crevetten, die sie in der Mikrowelle auftauen läßt. Sie öffnet einen kleinen Plastikbehälter, gießt den Inhalt in einen Topf und stellt ihn auf kleine Flamme.

Margarita geht ans Fenster, schaut nervös auf die Straße und murmelt etwas Unverständliches.

Als sie wieder zu den beiden Männern zurückkehrt, ist der Mulatte gerade mit dem Geldzählen fertig.

»OK, hier hast du die achtzehnhundert. Wieviel willst du für das Motorrad und den Kühlschrank?«

»Nein, gib mir jetzt kein Geld, ich habe nicht mal Zeit, um nachzuzählen ... Kommt heute nachmittag oder morgen früh. Nun macht schon, verschwindet durch die Seitentür.«

Die Männer gehen, und Margarita schließt hinter ihnen ab.

Im Haus zieht sie eine Gardine zu, legt Kittel und Gummihandschuhe ab. Sie hebt Kopf und Hände und schreitet wie eine elegante Lady zur Tür. Als sie den Zimmerspiegel passiert, sieht sie sich an, zufrieden mit ihrem Äußeren.

Margarita öffnet die Tür, um Alicia zu begrüßen, just

in dem Augenblick, in dem Victor das Fahrrad aus dem Kofferraum geholt hat. Alicia packt es an der Lenkstange und nähert sich dem Haus, während sie das Pedal in der anderen Hand hält.

Als sie in dem kleinen Vorgarten steht, beginnt ihre Mutter mit den verabredeten Vorwürfen.

»Ich wußte schon, daß das Ding dich zur Fußgängerin machen wird. Du solltest das Klapperrad wegschmeißen und deinen Vater darum bitten, daß er dir ein Motorrad kauft …«

»Meine Mutter, Victor …« stellt Alicia ihn vor.

»Huch. Alain Delon«, ruft Margarita aus, ohne ihm größere Aufmerksamkeit zu schenken. »Aber du bist ein Dickkopf, wie oft habe ich dir schon gesagt …«

»Es reicht jetzt, Mama«, wehrt sich Alicia. »Uff …«

»Verzeihen Sie, *señor,* kommen Sie doch herein«, entschuldigt sich Margarita und wendet sich wieder an Alicia, »du solltest endlich deinen Vater darum bitten …«

»Mama, hör auf zu nerven!« Schlechtgelaunt starrt sie Victor an: »Sie hat sich in den Kopf gesetzt, daß ich mir ein Motorrad kaufen soll. Als wenn das so einfach wäre!«

Im Beisein der Kunden unterstrich Alicia stets ihr ungezwungenes Vokabular. Zwei elegante Frauen, die es verstehen, opportun grobe Worte zu benutzen, wirken emanzipiert, liberal und vor allem sehr chic. Keine Frau aus bescheidenen Verhältnissen würde sich trauen, so lässig vor einem Unbekannten zu reden, dem sie gefallen will. Jeder Ausländer, der an das devote Auftreten der Nutten in der Dritten Welt gewöhnt ist, zeigt sich von dieser lässigen Haltung der Kubanerin zunächst überrascht und später angetan.

»Kubaner sind Sie nicht, oder?«

»Nein, *madame,* Kanadier.«

»Aber Sie sprechen ausgezeichnet spanisch! Ich hätte sie glatt für einen Mexikaner gehalten …«

Sie gehen ins Wohnzimmer.

»Ja, *madame,* ich habe viele Jahre in Mexiko verbracht. Es ist meine zweite Heimat.«

»Ich beneide Sie. Sehen Sie, mein Mann hat einmal …«

»Ach, Mami, du kannst ihm später dein Leben erzählen. Du solltest ihn lieber zu einem Drink einladen. Ich brauch unbedingt ein Bier. Ich habe einen völlig ausgetrockneten Hals.«

Alicia verschwindet in der Küche.

»Bitte nehmen Sie Platz«, fordert Margarita ihn auf. Sie weist auf einen Hocker, der gegenüber dem bereit gelegten Aktfoto steht. »Was würden Sie gerne trinken? Eine Erfrischung? Oder etwas Härteres?«

Victor kann sich nicht entscheiden.

Sie schaut auf die Bar und sagt zu ihrem Gast, als sei es das Natürlichste der Welt: »Rum, Cognac, Whisky, Wodka, Gin, Bier …?«

Margarita weiß nicht, ob der neue Besucher damit vertraut ist, daß die wenigsten kubanischen Wohnungen, in denen junge Frauen leben, die auf chinesischen Fahrrädern radeln, über so eine Auswahl verfügen.

»Also gut … für mich auch ein Bier. Danke, *madame.*«

Während die beiden Frauen in der Küche sind, inspiziert Victor die Einrichtung: stilvolle Möbel, Originale kubanischer Maler, elegante Gardinen, Zierat von gutem Geschmack.

Alicia kommt mit einem Tablett zurück, auf dem zwei Bierflaschen und zwei Gläser stehen.

In diesem Augenblick entdeckt Victor, was er unweigerlich entdecken mußte: das Aktfoto. Er runzelt die Stirn.

»Ziemlich gewagt! Das bist du, nicht wahr?« Mit dem Foto in der Hand betrachtet er sie eingehend.

»Ja, es wurde von einem Ölbild gemacht«, lacht Alicia, während sie die Flaschen öffnet und damit beginnt, das Bier einzuschenken.

»Ich trinke lieber aus der Flasche, danke. Das soll also von einem Gemälde gemacht worden sein ...?«

Alicia nimmt einen langen Zug Bier, atmet wohlig aus, stellt das Glas auf den Tisch und reicht ihm die Hand.

»Das Gemälde ist oben. Komm, ich zeig's dir.« Victor nimmt seine Flasche und läßt sich die Treppen hochführen. Gewiß, ein schönes Haus.

Aber wer ist dieses seltsame Mädchen?

Im Augenblick ist sie für ihn ein Prachtweib, das sich mit seltener Natürlichkeit verhält (Fußtritte gegen das Fahrrad, verdammt, Mama, nerv' mich nich') sowie elegante Gelassenheit ausstrahlt. Auch ihre Mutter scheint so zu sein, zwar nicht ganz bei Trost, aber sie besitzt Klasse.

Während der Fahrt hat sich Alicia über die öffentlichen Transportmittel in Havanna beklagt, sie habe es satt, mit dem schrottigen Rad kämpfen oder trampen zu müssen.

An den Seiten der Wendeltreppe hängen einige Ölbilder, auf einem ist ein bunter Hahn zu sehen, im Stile Marianos. Ein Original?

Beim Betreten des Zimmers ein zerwühltes Bett, ein Zeichentisch voller Papiere, über dem Kopfteil prangt das große Aktgemälde Alicias, das er auf dem Foto gesehen hat.

»Hmm, großartig«, schnalzt Victor und streicht mit der Hand über eine Brust.

Sie gibt ein durchtriebenes Gekichere von sich.

»Nur um die Textur der Farbe zu ertasten«, redet er sich heraus. »In Kuba gemalt?«

»Ja«, antwortet sie und sucht etwas in der Schublade ihres Schreibtisches.

Eine halbe Stunde später hat er bereits das andere Bild im Spiegel-Zimmer gesehen; hat erfahren, daß Alicia nicht gerade auf Maler steht, sondern eher auf gutaussehende Männer; er hat von ihren verbotenen Lippen gekostet und die bebende Wirkung ihrer Brust auf seinem Arm gespürt; hat einen alten, schiefäugigen Hund vorsichtig gestreichelt; mitbekommen, daß Leonor die Gitarre zurückgebracht hat; er hat Alicia ein Lied von Marta Valdés und Margarita den Bolero *Dos gardenias* singen hören; die pikanten Hummerschwänze probiert und über die unweigerlichen Bemerkungen über sein Aussehen wie Alain Delon und seinen Akzent wie Jorge Negrete gelächelt; er hat erklärt, daß er Kanadier sei, aber fünfundzwanzig Jahre in Mexiko gelebt und in den USA studiert habe; hat ein weiteres Bier getrunken und sich von Margarita verabschiedet, die, mein Gott, wie ist die Zeit vergangen, ihren Zahnarzttermin beinahe verpaßt hätte.

Und nachdem ihm schließlich mitgeteilt worden ist, daß dieses Haus ihnen gehöre, bekommt Victor King den ersten, langen, sehr langen und verführerischen Kuß.

Ohne diesen Kuß zu unterbrechen, registriert Alicia seine ansteigende Wölbung und benotet sie. Sie begrüßt sie mit einem Augenzwinkern und einem leichten Nicken. Dann öffnet sie ihre Bluse. Doch er hält sie zurück und knöpft die Bluse sacht wieder zu.

»Noch nicht. Die Hummerschwänze haben mir richtig Appetit gemacht. Laß uns erst essen gehn. Gestern habe ich ein neues Restaurant entdeckt.«

»*I'm sorry.* Aber ich kann nicht. Heute abend muß

ich mir einen Mechaniker besorgen, der mein Fahrrad repariert, sonst weiß ich morgen nicht, wie ich zur Uni komme ...«

Victor holt aus seiner Brusttasche einige Dollarscheine und will sie auf den Tisch legen.

Alicia schaut ihn wütend an.

»Tu mir den Gefallen und steck sie weg. Ich nehme von niemandem Geld, nicht mal einen Cent. Was glaubst du, was ich bin?«

Victor gibt sich verdutzt.

»Verzeih mir, ich wollte nicht ... ich wollte nur, daß du dir ein neues Fahrrad kaufen kannst ... Damit wir heute abend ausgehen können.«

»Hör mir mal genau zu: in diesem Land ist das einzige, was wir noch haben, die Würde ...«

Während Alicia ihre bis zur Ermüdung auswendig gelernte Beschwörungsformel startet, diese Einleitung zu ihrer aufrüttelnden ethisch-sentimentalen-revolutionären Ansprache, ergibt Victor sich umgehend, steckt die Dollarscheine zurück und legt ihr liebevoll die Hand auf die Lippen.

»OK, einverstanden. Ich bewundere deine Einstellung, aber nimm wenigstens die Einladung an, heute abend mit mir zu essen ...«

»Auch das lehne ich ab. Das würde mich nur traurig stimmen, beschämt mich.«

»Versteh ich nicht.«

»Natürlich nicht! Du lebst ja auf dem Mond ...« Mit einem Schluchzen in der Stimme sagt sie: »Verstehst du nicht, wie? Von dem, was du mit mir an einem Abend im Restaurant ausgibst, kann eine kubanische Familie zwei Monate leben. Die Bissen würden mir im Halse steckenbleiben ... unmoralisch ...«

»Dann laß uns zu mir nach Hause gehen … ich werde für dich kochen, dann können wir dein Fahrrad abholen und ich bringe dich zum Mechaniker.«

Alicia schaut ihn nachdenklich an und preßt ihre Lippen zusammen.

»Gib dir einen Ruck, du wirst sehen, ich kann wirklich gut kochen. Wir werden uns ein paar schöne Stunden machen.«

Der Stimme des Schicksals folgend bricht Alicia ihren Vorsatz, niemals mit jemand außer Hause zu schlafen.

Seit Beginn ihrer neuen Laufbahn hat sie dies noch nie getan. Aber auch noch nie hat ein 37jähriger Alain Delon ihr angeboten, für sie zu kochen.

8

Die große Nase van Dongens vibriert beim Malen. Er malt wie besessen, gebückt vor seiner Staffelei. Die Kohlezeichnung, auf der er eine Radfahrerin von hinten gezeichnet hat, wird ausgepinselt. Das junge Mädchen trägt etwas zu enge Shorts. Die Füße reichen kaum auf die Pedale. Die Zeichnung betont die Mühe beim Treten auf einem Sattel, der zu hoch eingestellt ist. Der Betrachter wird den Eindruck nicht los, als sei das Fahrrad ein paar Nummern zu groß für sie. Neben dem kindlichen Charme, den das Bild hat, ergibt sich auch noch eine zweite Betrachtung der obszönen Bewegung. Viel zu obszön für ein Werbeplakat, jedoch zu wenig obszön für ein Pornoposter. Auch wenn der Einschnitt der Taille und die prächtig wippenden Po-Backen einen Kinosaal mit angeregten Besuchern füllen würde.

Die Zeichnung besitzt eine gewisse poetische Note. Eingerahmt wird das Ganze von einem Kranz aus siegreichem Lorbeer und aphrodisierender Myrrhe, der von einer Leier als Brosche gekrönt wird. Liebesengel mit lasziven Gesichtern flattern um die Po-Backen.

Ein Schlüssel dreht sich im Schloß, van Dongen schaut erfreut zur Tür, die zur Straße führt. Carmen kommt herein, eine Mulattin mit asiatischen Zügen und feinem Gesichtsausdruck. Als sie sich umdreht, um die Tür zu schließen, sieht man ihre wohlgeformten Beine und eine Körperform, die vor fünf Jahren perfekt war. Heute ist sie das nicht mehr. Dennoch wirkt sie schön, von einer wollüstigen Fülle. Carmen ist etwas über dreißig Jahre alt.

Van Dongen deckt seine Nase mit beiden Händen ab, sie umkreist ihn und bückt sich, um ihn von hinten auf den Nacken zu küssen.

»Wieso hast du es denn so eilig? Ich mußte eine Ausrede erfinden, meine Mutter sei schwerkrank, und eine Arbeitskollegin darum bitten, mich im Krankenhaus zu vertreten.«

Er steht auf und holt aus einer Ecke ein Gymnastikfahrrad, das er gegenüber der Staffelei hinstellt.

»Zieh dich aus und steig auf.«

Sie schaut ihn lächelnd an, nimmt die Schwesternhaube vom Kopf und geht auf ihn zu, um ihm ins Gesicht zu sehen. Er setzt sich wieder hin und hält seine Nase bedeckt. Sie knöpft den weißen Kittel auf. Weiß ist auch ihre Unterwäsche, die phosphorisierend auf den braunen Schenkeln wirkt.

»Wieder so eine verrückte Idee von dir?«

»Ich träumte, wie du nackt auf einem Fahrrad sitzt. Genau wie auf dem Bild.«

Carmen nähert sich ihm, streichelt über seinen Kopf und beäugt mißtrauisch die Zeichnung.

»So, so, aber dieser Arsch ist viel zu blaß, um meiner zu sein. Bist du ganz sicher, daß du von mir geträumt hast?«

»Ja! Aber in meinem Traum war das Licht äußerst hell. Das Ganze hat mich sogar zu einer Melodie inspiriert. Komm, steig auf und fang an, in die Pedale zu treten!«

»Nein, ohne Anlauf gefällt mir das nicht. Spiel mir erst deine Melodie vor, um mich anzuwärmen.«

Jan steht auf und geht zu einem Schrank. Er öffnet eine Schublade und holt eine schwarze Maske heraus, die nur Augen und Mund freiläßt. Er stülpt sie sich über und beginnt zu spielen.

Im Takt der Melodie balanciert Jan seinen Oberkörper.

9

Ohne den Wagen zu verlangsamen, bedient Victor seine Fernbedienung, und das stachelbewehrte Tor zu der Einfahrt öffnet sich überraschend schnell. Der Chevrolet fährt durch einen Garten mit einer Außenterrasse, einem Aussichtspunkt, tropischen Bäumen und Kübeln voller gut gepflegter Pflanzen. Dann rollt er etwa fünfzig Meter weiter.

Als er vor der Garage steht, zielt Victor noch einmal auf das Tor.

»Sesam, öffne dich«, scherzt Alicia.

Während sich das Garagentor senkt, geben sie sich einen ausdauernden Kuß.

Auf Bitten von Victor hat sie die Shorts nicht ausgezogen, aber während der Fahrt zur Finca hat sie ihren Oberkörper freigemacht. Beim Abbiegen auf der Höhe der *Plaza Las Muñequitas* hat sie sich ihm zugewandt und begonnen mit ihren Brüsten seinen Unterarm zu berühren.

Er spürt, wie sich seine Härchen aufstellen und legt seine Hand an ihre Lippen.

Sie weiß, was er will und zuzelt genießerisch an seinen Fingerkuppen.

Als sie ganz glitschig sind, beginnt er, mit seinen Fingern ihre Brustwarzen zu streicheln. Während dieses Vorspiels kommen sie an. Sie gehen hinein.

»Siehst du?« sagt er, als sie von der Garage in die Küche gelangt sind. »Niemand hat uns eintreten sehen, niemand wird uns herauskommen sehen.«

Beim Betreten des Wohnzimmers werden sie von einem grünlichen Schimmer empfangen, der vom Boden heraufstrahlt. Victor drückt auf einen Knopf, und eine automatische Jalousie fährt hoch. Sie entdeckt, daß das grünliche Licht von einem Brunnen herrührt, in dem drei Stufen zu entdecken sind. Mitten in einem luxuriös ausgestatteten Salon.

Zwischen imitierten Felsen sprudelt in einer Ecke Wasser hervor, das in einem geschlängelten Graben mündet, der den Saal diagonal durchzieht. Das helle, stark grünliche Wasser strömt unter durchsichtigen Fließen an Bonsai-Bäumen vorbei, die in Lichtkegeln stehen. Am anderen Ende verschwindet das Wasser in der Wand. Alicia fühlt sich so leicht wie in einem Traum. Wie originell!

Eine sechs Meter lange Wand, zwei Meter hoch, eine Schiebetür vollständig aus Spiegeln. Auf der anderen Seite befindet sich in gleicher Länge ein Bücherregal, vollgestopft vom Boden bis zur Decke.

Es gibt Bilder abstrakter Malerei, einige Sèvres-Vasen, ein riesiges Schwarz-Weiß-Foto, eine große Jade-Skulptur und eine kleinere aus Marmor.

Mit Ausnahme der Vasen ist alles im abstrakten Stil gehalten. Sowohl das Foto als auch die Statuen stellen nichts Konkretes dar, deuten aber auf Stellungen beim Liebesspiel hin.

»Komm, ich zeig dir das Haus.«

Im Obergeschoß sind zwei Schlafzimmer mit den dazu gehörigen Badezimmern, ein kleiner Salon und eine Terrasse. Unten der große Salon mit dem Wasserbrunnen und ein Eßzimmer neben der riesigen Küche, die sehr gut ausgestattet ist; rechts ein Arbeitszimmer und ein weiteres Schlafzimmer, wieder mit einem Bad ausgestattet.

»Puuuhh, hier kannst du ja einen Ball mit fünfzig Leuten veranstalten …«

Als sie wieder im Salon stehen, öffnet er ein Schiebefenster, so daß eine ausgedehnte Rasenfläche zu sehen ist, alles sehr gepflegt, mit altem Baumbestand, am Ende ein Swimmingpool.

Während sie hinausgeht, um den Garten zu bewundern, schaltet Victor die CD-Anlage im Bücherregal an.

Eine *Guaracha* ist zu hören.

Vor dem Spiegel beginnt Alicia zu tanzen, mit provozierenden Gesten. Er kommt von hinten und faßt sie an der Taille.

Sie dreht sich um und fordert ihn zum Tanzen auf. Er folgt ihr lässig.

»Du kannst dich gut einfühlen in den Rhythmus«, sagt sie, »doch du bist ein wenig steif und hast keine Ahnung, wie man *Guaracha* tanzt. Paß mal auf.«

Fünf Minuten später drängt er sie ungeduldig in eine Ecke, wo ein breites Sofa steht. Sie zieht den Teppich vor, besteht darauf, sich auf ihn zu setzen, um ihm die *Guaracha* beizubringen.

Auf dem Rücken liegend verliert Victor sofort seine Unbeholfenheit und lernt, mit den Hüften zu schwingen.

Als er zum ersten Orgasmus in dieser Nacht kommt, ist er bis zur folkloristischen Seele der *Guaracha* vorgedrungen, als sei er in einem Viertel von Havanna geboren.

Zur völligen Überraschung von Alicia zeigt er ihr einen Videofilm, den er mit versteckter Kamera aufgenommen hat, ihr tanzender Ritt in der Ecke ist auf dem Band genau zu sehen.

»Mist! Das kannst du mit mir nicht machen …« empört sich Alicia.

Er beruhigt sie. Wenn er böse Absichten hege, würde er ihr den Film doch nicht zeigen. Es sei alles ganz einfach, er könne sich am besten erregen und Lust empfinden, wenn er etwas anschaue, und er habe jetzt Lust, sie noch mal zu lieben, während er ihre stolzen Po-Backen im Takt der Musik auf dem Bildschirm betrachte.

Sie versteht, immer noch nicht ganz überzeugt, aber ja, klar, das leuchte ihr ein …

Er verspricht ihr hoch und heilig, ihr die Videocassette zu schenken oder sie zu zerstören, gleich nachdem sie die Aufnahmen gesehen hätten.

Später, während er den Boa-Kuß genießt (eine Erfindung und eine Bezeichnung von Alicia), fängt Victor an, sie mit zarter Fingerfertigkeit von hinten auszuweiten. Alicia weiß, was jetzt kommt, und tut, als sei sie entrüstet, sie zieht einen Schmollmund: »Du Arschologe!«

Als er sie genügend geweitet hat, stülpt er ein Präservativ über und drängt sich tatsächlich in die engere Öffnung, seinen Blick fest auf das Video gerichtet.

Sie spürt keinen Schmerz. Als sie ihre Pobacken und ihre Taille in Aktion sieht, spürt sie, wie ihre Vagina durchströmt wird. Sie ist erregt wie nie zuvor. Denn sie hat sich noch nie aus dieser Perspektive gesehen. Erstmal erreicht sie Genuß bei dieser Stellung, eine Stellung, bei der sie normalerweise Qualen leidet und die sie immer ablehnte.

Es ist etwas Neues. Narzismus, vielleicht.

Auf jeden Fall ein Gefühl exquisiter Perversität.

Endlich begegnet sie mal einem Typ, der ihr etwas beibringen konnte.

Als Victor dann die dafür vorgesehene Öffnung aufsucht, um sich zu ergießen, entfesselt sie, ohne ihre Stellung zu wechseln, einen Orgasmus, zuckend, kleine

Schreie ausstoßend. Endlich spürt sie ihn heiß in ihrer Muschel, lichtet die Anker und begleitet ihn mit einem Crescendo von Erschütterungen und Stöhnlauten, in völligem Gleichlauf mit dem, was auf dem Video vor sich geht.

Als Alicia wieder zu sich kommt, liegt er auf dem Rücken und raucht. Er streckt seinen Arm aus, nimmt die Cassette aus der Anlage und reicht sie ihr.

Alicia lächelt ihn ermattet an, satt.

»Mit deinem natürlichen Sinn für Rhythmus und ein paar weiteren Lektionen wirst du die Kubanerinnen noch ganz verrückt machen.«

»Mich interessieren weder Rhythmus noch Kubanerinnen, nur du interessierst mich.«

Sie schaut ihn geschmeichelt an.

Alicia ist kurz davor, sich in seine Arme zu stürzen. Doch sie überläßt sich nicht diesem Impuls. Denn sie verspürt Angst.

Sie hat den richtiger Riecher, die Videocassette einzustecken und sie in ihrer Tasche verschwinden zu lassen.

10

Jetzt? Nichts. Ich telefoniere mit dir und schneide mir die Nägel. Nein, die Zehennägel. Verdammt, Mami, hör auf, Blödsinn zu fragen! Ja, eine Villa. Hier gibt es alles mögliche, sogar einen Swimmingpool. Nicht doch! Das modernste, alles elektronisch, nur Tasten und Knöpfe. Ja, ja, nur für ihn. Nein, im Haus nebenan gibt es zwei voneinander getrennte Wohnkomplexe, den einen für den Boss von Victor, den anderen für Geschäftsfreunde. Victor zieht dorthin, wenn seine Frau da ist. Ja, er hat mir von ihr erzählt, aber ohne in Details zu gehen, ganz ohne Aufhebens. Von wegen, Mami, du weißt doch, wie eifersüchtig ich bin. Nein, sie ist jetzt in Europa, aber sie kommt bald wieder. Ja, eine Putzfrau kommt ein paarmal in der Woche und macht beide Wohnungen sauber. Victor? Normalerweise ißt er außerhalb oder er kocht selbst. Ja, ja, ein anspruchsvoller Gourmet. Auch, er spricht es perfekt, allerdings mit einem seltsamen Akzent. Er sagt, so wird in Quebec gesprochen. Ja, er lebte rund fünf Jahre in Montreal. Nein, im Haus nebenan bin ich nicht gewesen. Aber er erzählte mir, dort gibt es eine Squash-Anlage und eine Sauna … Alberto? Meine Güte! Hab völlig vergessen, daß er heute vorbeikommen wollte … Nein, warte, wenn er wieder anruft, sag ihm, ich arbeite zur Zeit an meinem Examen und bin auf dem Land zu einer Freundin gezogen, werde ihn vor Samstag nicht sehen können … Nein, nein, alle meine Freunde wissen, daß ich es nicht leiden kann, wenn man mich beim Lernen stört. Genau, lade ihn zum Mittagessen am Samstag zu uns nach Hause ein … Otto kannst du dasselbe erzählen, er soll sich Sonntagmittag telefonisch melden … Mami, geh mir nicht auf den Keks, ja? Das hast keinen Grund, dir Sorgen zu machen. Ich kann mit allen Typen fertig werden. Je weniger Zeit du für sie hast, desto heißer werden sie doch. Victor? Solange ich mit ihm beschäftigt bin, will ich niemand anderen sehen.

Selbstverständlich, altes Mädchen, ich sag's dir, er ist der beste, den ich je gehabt habe. Ein Traum im Bett, stark, einfallsreich … Ja, bei weitem, und er sieht gut aus, hat Manieren, kocht ausgezeichnet … Nein, er ist für einen Augenblick nach drüben gegangen, was sagst du? Hahaha. Was geht dich das an? Ach, Mami, normal, hahaha. Bist eine verdammte Hure, Mami. Ja, er ist von meinem Tanzunterricht verzaubert und will, daß wir heute abend in den *Palacio de la Salsa* gehen. Nicht doch, niemand wird mich erkennen. Was soll's, weder Alberto noch Otto sind Discogänger. Ganz ruhig! Die Frau hat hier eine ganze Sammlung von Perücken … Er? Der ist nebenan, um Holz zu holen, will den Grill anschmeißen, ach, Mami, wie oft soll ich das noch wiederholen? Nein, ich habe keinen Besseren bis jetzt getroffen. Allerdings hat er einen großen Nachteil: Er gefällt mir viel zu sehr. Mein Leben lang hab ich davon geträumt, an der Seite so eines Mannes zu leben, ich hab ziemlich viel Schiß, mich zu verlieben. Ich würde mir ausgeliefert vorkommen.

11

Victor kommt mit schnellen Schritten in seine Doppelvilla im Viertel Siboney. Doch er geht nicht durch den Eingang, durch den er Alicia hereingeführt hat, sondern durch den des Nebenhauses.

»Huhu, Elisabeth, *where are you?*«

Er zieht das Jackett aus und läuft ins Obergeschoß.

Dort öffnet er eine Tür und tritt in die Dunkelheit eines geräumigen Schlafzimmers. Nur eine einzige Lichtquelle gibt es: das bläuliche Flimmern eines Fernsehers in der Ecke des Raumes.

Auf dem Bett liegt ein zusammengerolltes Bündel unter den Laken, eine lange, blonde Mähne lugt hervor, den Rücken abgewandt.

Neben dem Bett ein Aschenbecher voller Kippen und eine geöffnete Wodka-Flasche auf dem Boden. Victor setzt sich auf den Bettrand und schüttelt sanft die Schulter der Schlafenden.

»Elisabeth?«

Sie antwortet nicht.

Victor tastet auf dem Bett nach der Fernbedienung. Das eingefrorene Bild zeigt das Ende eines Pornostreifens.

Victor schaltet den Fernseher ab, legt die Fernbedienung aufs Bett zurück und schiebt die Gardinen zur Seite. Das Zimmer ist in grelles Licht getaucht.

Er nähert sich dem zusammengerollten Bündel und flüstert ihr ins Ohr.

»Goods news, Eli. I think I've found the broad we were looking for.«

Elisabeth wälzt sich noch schläfrig im Bett. Vom Licht geblendet deckt sie ihre Augen ab und läßt ihr Gesicht zwischen Victors Beine sinken. Mit einer sehr tiefen, belegten Stimme bemerkt sie: »*Are you sure?*«

»*Yeah, sure ... She Is the one we need. In a few days you'll see her in action.*«

12

In Cayo Largo filmt ein Taucher das Korallenriff, er trägt Sauerstoffflaschen auf dem Rücken und bedient eine 8mm-Video-Kamera.

Felsen, bunte Fische, alles auf dem weißen, sandigen Hintergrund des karibischen Plateaus. Der Taucher verlangsamt seinen Aufstieg, um von unten den Körper einer halbnackten Schwimmerin zu filmen, die zuerst auf dem Rücken und dann im Bruststil schwimmt. Er kommt an die Oberfläche, überrascht sie, eine Zeitlang toben sie ein wenig im Wasser, dann taucht er unter sie und sie umarmen sich.

Nun schwimmen sie zusammen. Er unter Wasser, Gesicht nach oben, rückwärts. Sie auf der Oberfläche, Gesicht nach unten, vorwärts.

Als er schließlich auftaucht, kraulen beide zu einer Yacht, an deren Bug steht: RIEKS GROOTE.

Ein dunkelhäutiger Matrose wirft eine Sprossenleiter hinunter. Über die Reling gebückt nimmt er die Schwimmflossen und die Sauerstoffflaschen entgegen.

Der Taucher zieht die Brille ab, und die große Nase van Dongens wird sichtbar.

Carmen ist im Wasser geblieben, nur ihr Kopf und ihr Hals schauen heraus. Van Dongen steigt die Leiter hoch und hört ihre Frage: »Was bedeutet Rieks?«

»Das ist der Rufname von Hendryck.«

»Und Groote nennt seine Yacht nach sich selbst?«

Jan dreht sich auf der Leiter um.

»Schon, aber zu Ehren seines Urgroßvaters, der hieß genauso ...«

An Bord nimmt sich van Dongen ein Handtuch, und als Carmen mit freiem Busen erscheint, bedeckt er ihn. Sie kauert sich zusammen, um dann mit Schwung hochzusteigen.

»Der alte Rieks war ein großer Seemann.«

Am Heck erscheint ein chinesischer Koch.

»Soll ich das Frühstück servieren, Herr van Dongen?«

»Noch nicht, Tschang. Warte noch eine halbe Stunde.«

»Wieso das denn? Ich habe einen Riesenhunger ...«

»Ich will vorher noch ein ökologisches Frühstück haben.«

Carmen bricht in Gelächter aus und nimmt ihn an der Hand.

»Keine schlechte Idee.«

Beide gehen hinunter in die große Kajüte. Immer noch lachend setzt sie sich auf einen kleinen Hocker und kreuzt die Beine.

Er öffnet eine Tasche, holt seine Maske heraus und stülpt sie über.

Sie öffnet das Handtuch, stemmt die Hände in die Taille und hebt ihren Oberkörper, um ihre Brüste zu zeigen. Er kniet sich neben sie, um sie zu küssen, sie stoppt ihn mit einer Hand auf seinen Lippen und schließt wollüstig ihre Augenlider.

»Warum tun wir es heute nicht ohne die Maske?«

Er hebt seine Arme und läßt sie ohnmächtig zurücksinken.

»Nur das nicht, Carmen, das würde nichts bringen. Ohne Maske bin ich nicht lebendig.«

13

Alicia trägt einen weißen Morgenmantel, der ihr zu groß ist. Sie tritt aus der Dampfwolke, die aus einer Glaskabine quillt, nimmt die Duschhaube ab und geht in die Küche, gerade rechtzeitig, um die Herdplatte auszuschalten, auf der eine Espressokanne steht. Sie nimmt zwei Tassen, Löffel, eine Zuckerdose, füllt zwei Gläser mit Mineralwasser, stellt alles auf ein Tablett und geht zum Flur. Auf dem Weg fischt sie aus einer Vase eine Nelke. Als sie die Tür zum Schlafzimmer öffnet, kommt Victor in einem dunklen Frottee-Mantel heraus.

Brüsk sagt er zu ihr: »Nein, nein. Den Kaffee nehme ich am Tisch, nach der Dusche, und er muß fast kalt sein.« Er verschwindet im Bad. Sie schaut ihm fragend hinterher. Was ist denn mit dem los? Sie zieht einen Flunsch, hebt ihren Kopf und beißt sich in die Unterlippe. Schließlich geht sie ins Zimmer, setzt sich auf die Bettkante und stellt das Tablett neben sich ab. Sie trinkt ihren Kaffee in zögernden Schlucken. Steht auf, schaut sich im Spiegel des Wandschranks an und richtet ihre Frisur.

Sie nimmt den sehr kurzen Rock vom Stuhl, auf dem ihre Kleidungsstücke liegen, zieht Schlappen an, nimmt das Tablett auf und verläßt den Raum.

Victor sitzt im Salon, eine Zigarre im Mund, und zählt Geldscheine auf dem kleinen Tisch.

Er scheint Alicias Eintreten nicht zu bemerken.

Sie nähert sich und stellt das Tablett ab. Ohne sie anzuschauen, setzt er das Zählen der Dollars fort.

»Wann wollen wir denn gehen?«

Victor zählt immer noch: »Setz dich.«

Alicia will sich neben ihm auf dem Sofa niederlassen.

»Nein, setz dich dorthin«, sagt er und schaut sie dabei nicht an.

Die Hand voller Hundertdollarnoten zeigt er auf einen Hocker gegenüber und brabbelt vor sich hin:

»Montagnachmittag, zweimal; einmal am Dienstag vormittag; gestern nachmittag zweimal, ein weiteres Mal gestern abend… das macht doch sechsmal, nicht wahr?«

»Sechsmal was?«

»Wir haben sechsmal gevögelt«, sagt er, »sechs Hämmer, wie du zu sagen pflegst.«

»Was soll das?« fragt Alicia alarmiert, die Stirn gerunzelt.

»Dreihundert Dollar der Hammer, das macht achtzehnhundert.« Er zählt ihr das Geld auf den Tisch.

Alicia wird ganz blaß, aufgeregt, wie gelähmt.

»Schluß mit der Farce, du Luder.«

»Ich verbitte mir das …«

Victor schreit sie an: »Mach dich nicht lächerlich, *carajo.*«

Alicia geht einen Schritt vor, hat Angst.

»Halt die Klappe und hör zu«, sagt er etwas gefaßter. »Die Sache mit dem eingeklemmten Pedal ist ein Trick von dir. Dein Studium an der Universität ist glatt erfunden. Letzte Woche hast du mit einem Panamesen rumgehurt, in der Woche davor mit einem Italiener. Und wozu diese verdammten Märchen? Um an Dollars ranzukommen. Von wegen, sie beleidigen dich. Sie sind das, was dir am meisten Spaß auf der Welt bringt. Du betest die Dollars an, du abgebrühtes Luder. Also hier, nimm. Du hast sie dir verdient. Ach, bevor ich es vergesse, hier hast du noch fünfhundert für deine Tanzstunde.«

Während er weitere Hundertdollarnoten auf den Tisch legt, ist Alicia den Tränen nah. Sie deckt ihr Gesicht mit den Händen ab und beugt den Kopf nach vorne. Nach einigen Sekunden findet sie ihre Fassung wieder und hebt ihren Kopf, um ihm direkt in die Augen zu schauen, fast herausfordernd. Sie will sich nicht mehr verstecken.

»OK, Victor … Die Komödie ist aus.« Sie beugt sich, sammelt das Dollarhäufchen vom Tisch und zählt mit lauter Stimme: »Hundert, zweihundert, dreihundert …«

Mit fester Hand und geschwinden Fingern zählt sie das Geld nach. Dann läßt sie langsam fünf Hunderdollarnoten auf den Tisch fallen und lächelt ihn freundlich an: »Die fünfhundert für den Tanzunterricht kriegst du wieder. Du bist ein so begabter Schüler, und ich habe es so sehr genossen, daß es nicht anständig von mir wäre, dafür zu kassieren.«

Den Rest des Geldes steckt sie in ihre Umhängetasche und steht auf.

»Ich werde ein Taxi bestellen.«

Victor fühlt sich geschmeichelt, nickt mit dem Kopf und lacht laut auf.

»Ich muß zugeben, du hast Klasse und klug bist du auch noch. Nimm deine fünfhundert und setz dich hin.« Er reicht ihr die Hand, damit sie neben ihm Platz nimmt.

»Krieg ich einen Drink?«

»Ist doch selbstverständlich. Was soll es sein?«

»Einen Cognac.«

»Um diese Uhrzeit?«

»Ja, ich brauche etwas Starkes.«

Er geht zur Bar und nimmt zwei bauchige Gläser heraus. Aus der schwarzen, undurchsichtigen Flasche, die schräg in einem napoleonischen Kanonengestell hängt, schenkt er zwei Courvoisier XO ein.

Alicia trinkt den ganzen Inhalt in einem Zug, ohne mit ihm anzustoßen.

»Nehmen wir an«, sagt Victor, nachdem er einen ersten Schluck seines bitteren Kaffees getrunken und an seinem Cognac genippt hat, »ich würde dir vorschlagen, in dieses Haus als meine Geliebte einzuziehen, und nehmen wir mal weiter an, ich würde dir dreitausend Dollar dafür monatlich bezahlen, plus einen Luxuswagen zu deiner Verfügung, inklusive Gratissprit … würde dich dann interessieren, für mich zu arbeiten?«

Alicias Gesicht wandelt sich zu einem Staunen, als will sie sagen, mal sehen, mit was er jetzt rausrückt. Sie springt auf, geht ein paar Schritte, atmet langsam, wägt seinen Vorschlag ab, lächelt skeptisch, zweifelt. Ihre Augen voller Unruhe, sie sucht nach einer Antwort an der Decke, an der Wand. Sie lächelt erneut und kichert ein wenig. Mit einer schüchternen Geste deckt sie sich den Mund zu, während sie mit den Absätzen die Fugen der Kacheln auf dem Boden abschreitet. Sie beißt sich in die Lippen. Setzt sich hin. Sie braucht ihn. Victors Vorschlag hat ihr den Boden unter den Füßen weggezogen. Sie ahnt, daß das fünftägige *game,* das sie mit ihm gespielt hat, in eine andere Phase getreten ist. Große Liebschaften, Monza, Wimbledon … Durch den Kopf gehen ihr nur Klischees. Ihr fällt keine originelle Antwort ein, die zu diesem überraschenden, neuen Vorschlag paßt.

Unter mehreren Möglichkeiten entscheidet sie sich für die naheliegendste und einfachste.

»Worin genau würde meine Arbeit bestehen?«

»Es wäre dasselbe, womit du dir diese Dollar verdient hast.«

»Mit dir ins Bett gehen?«

»Nicht unbedingt mit mir.«

»Aber das ist etwas völlig anderes.«

»Du würdest immer mit gutaussehenden Typen schlafen. Darauf stehst du doch, oder?«

»Könnte ich sie mir aussuchen?«

»Manchmal«, er nimmt einem weiteren Schluck. »Manchmal würde ich darum bitten, jemanden anzumachen.«

»Anzumachen ...?«

»Mit deiner Figur und deinem *savoir faire* am Lenkrad einer Luxuskarosse kannst du jeden ins Bett kriegen, den du dir vornimmst.«

»Du schmeichelst mir.«

Trotz des Lächelns, mit dem sie die galante Bemerkung aufgenommen hat, verrät ihr Gesichtsausdruck immer noch, wie perplex sie ist. Es drängt sie, mehr Details dieses Vorschlags zu erfahren.

»Du würdest beispielsweise ein Foto bekommen oder die genaue Beschreibung einer Person, und deine Aufgabe wäre es, ihn hierher zu bringen ... und mit ihm zu vögeln und deine ganze Virtuosität zur Schau zu stellen ...«

»Ach, daher weht der Wind. Und dann filmst du mich dabei, was? Ohne mich, Pornofilme mit mir für dreitausend Dollar im Monat? Ne, Victor, da hast du dich bei mir geschnitten. Da müßtest du einiges mehr drauflegen.«

»Nichts dergleichen ...«

Victor schüttelt den Kopf, lacht und gönnt sich genießerisch einen weiteren Schluck Cognac. Alicia schenkt sich nach und steckt sich eine Zigarette an.

Mit seinem Ronson gibt er ihr Feuer.

Beiden zittern ein wenig die Hände.

»Deine Show wäre ausschließlich für den exklusiven und heimlichen Gebrauch zweier Personen.«

Er macht eine Pause und betrachtet sie, während er mit seinem Finger auf den Rand des Glases tippt.

»Und die wären?«

»Elisabeth und ich.«

»Elisabeth heißt deine Frau?«

»Ahun.«

Alicia bleibt nachdenklich, ohne zu wissen, was sie sagen soll.

»Wir beide haben panische Angst vor AIDS und haben uns deswegen der Monogamie ergeben. Die einzige Spielerei, die wir uns noch gönnen, besteht darin, uns zu stimulieren, in dem wir zusehen, wie andere es treiben.«

»Pornofilmchen tun es nicht?«

»Offen gestanden, ist Elisabeth etwas älter als ich, und sie weiß genau, daß es mir manchmal nicht gerade leicht fällt, mich ausschließlich auf die Beziehung zu ihr zu beschränken.«

»Ja und dann?«

»Sie ist so taktvoll, mich glauben zu lassen, daß es sie sehr errege, wenn sie sich in der Rolle der Frau auf dem Bildschirm sieht, obwohl sie das eigentlich nur tut, um mich anzutörnen.«

»Was für ein Bildschirm?«

Victor weist auf den riesigen Wandspiegel hinter sich.

»Kann man da etwa durchsehen?«

»Man sieht alles.«

Alicia erhebt sich, geht ein paar Schritte hinter Victor, legt ihre Hand auf den großen Spiegel, trinkt ihr Glas leer und nähert sich ihm entschlossen.

»OK, ich nehme an. Wann soll's losgehen?«

»Lieber gestern als heute. Kannst du Auto fahren?«

»Ja.«

»Hast du einen Führerschein?«

»Ja. Im letzten Jahr habe ich noch Papis Wagen gefahren.«

»Ausgezeichnet. Nächsten Dienstag werde ich dir einen Firmenwagen zur Verfügung stellen. Erwarte mich gegen vier Uhr nachmittags. Und schmeiß dich in Schale.«

1996

Martinis und Oliven

14

Vier Monate nachdem Alicia ihm begegnet war, beglückwünschte sich Victor, sie engagiert zu haben. Das geheime Abkommen zwischen ihnen befriedigte nicht nur seine eigene Wollust, Alicia diente ihm auch zur Entspannung und Unterhaltung nach den zwanzig Stunden täglicher Arbeit, die er sich in jenen Tagen auferlegt hatte, um sein altes Projekt, den archäologischen Tourismus, zu konsolidieren. Anfang September genehmigte das Ministerium sein Vorhaben, ein *joint venture* zur Erkundung von versunkenen Galeonen in kubanischen Gewässern zu gründen. Einige Tage später gelang es seinem Boss Rieks, sich nach einer ersten und sehr heftigen Konfrontation mit seinem Bruder Vincent, der ein erbitterter Gegner des Projekts war, durchzusetzen.

Vincent hatte es sich zur Aufgabe gemacht, das Projekt King bei den Familienmitgliedern zu Fall zu bringen. Er bombardierte die »verrückte Idee«, ihre Firma und die karibischen Galeonen zu verbinden, aufgrund fehlender Visionen, kaum noch vorhandener Phantasie und weil er dem jüngeren Bruder keinen neuen Erfolg gönnte. Vincent Groote bezeichnete das ganze Unternehmen als eine Idee, die nach einer durchzechten Nacht entstanden war, als improvisierte Wahnvorstellungen, und prophezeite dem Projekt einen rauschenden Untergang.

Seit etwa fünf Jahren war jedoch das Klima in der Familie Groote für Rieks günstig. Entgegen der Meinung des inzwischen verstorbenen Vaters und des Bruders Vincent hatte er einen satten Erfolg mit einem Netz von Firmenfilialen in der Karibik zu verzeichnen. Im Zuge dieser günstigen Winde gelang es Rieks, seinen Bruder schon in der ersten Runde des Projektes zu überflügeln. Wenig später jedoch entstand eine unerwartete Krise zwischen Rieks und Victor.

Am 15. September ließ Victor dem Vorstand der *GROOTE INTERNATIONAL INC.* ein Memorandum zukommen, in dem er 3 % vom Nettogewinn, der sich aus dem Projekt King ergeben würde, forderte. Rieks war hell empört, sagte, seine Familie würde so etwas nie und nimmer akzeptieren, Victor habe sich übernommen, ihm sei die Gier wohl zu Kopf gestiegen, das sei alles maßlos übertrieben ...

»Entweder sie akzeptieren oder sie lassen es bleiben«, hatte Victor abrupt geantwortet.

»Mach dich nicht lächerlich, Vic ...!«

Es gab Tage mit starrköpfigen und erhitzten Debatten zwischen ihnen, in denen das gesamte Projekt zu kentern drohte. Schließlich bat Jan von Dongen, die graue Eminenz des Unternehmens, seinen Boss darum, eine Wirtschaftlichkeits-Studie über das Projekt in Auftrag zu geben. Ihm kam die »eingebildete« Haltung Victors gar nicht so maßlos vor.

Nur zähneknirschend gab Rieks seine Zustimmung, den Plan durchrechnen zu lassen. Nach einem Monat, in dem er die Arbeit einer internationalen Beratergruppe koordiniert hatte, legte van Dongen ihm einen Abschlußbericht vor, der zugunsten Victors ausfiel und der zwei Varianten hatte: entweder sollte man ihm 2 % zugestehen, bei einem Monatsgehalt von $ 15 000, das auf die zukünftige Kommission anzurechnen sei, oder man zahlte ihm einen Festbetrag von anderthalb Millionen Dollar per annum, Laufzeit zehn Jahre.

Van Dongen gegenüber sprach sich Rieks für die zweite Variante aus.

»Wenn Vincent erfährt, daß wir ihm alle zwei Jahre drei Millionen in den Rachen schmeißen, dann wird er in die Luft gehen«, hatte Rieks eingewandt.

»Du mußt ihm klarmachen, daß bei einer 2%igen Kommission alles viel kostspieliger wird«, insistierte van Dongen und reichte ihm eine Akte. »Schau mal da rein, hier sind die Berechnungen der Experten.«

»Und was geschieht, wenn wir in den ersten drei Jahren nichts auf dem Meeresgrund entdecken ...«

»Das ist durchaus drin, Rieks, aber was Vincent begreifen muß, ist folgendes: Aus dieser Analyse geht hervor, daß aufgrund der historischen Fakten dieses Plans plus des jährlichen Mitwirkens von Tausenden von Touristen, die gratis arbeiten werden – und da liegt das Geniale von Victors Vorhaben – die Firma netto rund 300 Millionen in den nächsten zwanzig Jahren verdienen wird. Victor anderthalb Millionen per annum einzuräumen, und das nur für eine Zeitspanne von zehn Jahren, ist keineswegs eine verrückte Idee. Wir müssen unsere Geschäfte modern angehen, und Victor ist nunmal die Seele dieses Geschäfts, der einzige, der imstande ist, es in Gang zu bringen ...«

Während van Dongen und Rieks Groote über das Schicksal von Victor bestimmten, beantragte dieser einen Kurz-Urlaub. Er mußte ein paar Tage Abstand haben, wollte nachdenken und sich den Huren widmen, seinem großen Sedativum.

15

Seitdem Alicia für Victor arbeitet, verdient sie dreitausenddreihundert Dollar im Monat, inklusive der täglichen zehn Dollar, die sie für Sprit bekommt. Bislang ist alles ohne besondere Vorkommnisse verlaufen. Nach ihrer eigenen Buchführung und vom Beginn des Abkommens an bis Mitte Oktober hat sie 56 Shows mit 11 verschiedenen Männern veranstaltet, von denen fast alle von ihr ausgewählt wurden. Nur in drei Fällen mußte Alicia, anhand von Beschreibungen und Fotos, die Victor ihr gegeben hat, auf Bestellung verführen. Doch auch dabei handelte es sich um sehr gut aussehende Typen. Dank des Luxuswagens hatte Alicia keine Mühe, sie sich zu angeln.

Seitdem sie mit Hilfe ihrer Pobacken keine Jagd mehr auf Kunden machen muß und sie eine ausgezeichnete Bezahlung dafür erhält, daß sie mit Kerlen schläft, von denen einer besser aussieht als der andere, erlebt Alicia die schönsten Tage ihres Lebens. Sie ahnt eine vielversprechende Zukunft. Den Erzählungen Victors zufolge lobt Elisabeth Alicias guten Geschmack bei der Auswahl ihrer Bettgefährten, die Häufigkeit, mit der sie die Typen wechselt und die immer wieder überraschende Phantasie, mit der sie zu Werke geht. Es kann ohne Zweifel davon ausgegangen werden, daß die Durchführung der Übereinkunft zur vollen Zufriedenheit beider Seiten verläuft und alles scheint daraufhin zu deuten, daß sie noch lange andauern wird.

Alicia hat ihr Versprechen gehalten, völlige Diskretion

zu wahren. Die Männer, die sie im Show-Zimmer empfängt, wissen von Anfang an, daß sie bei ihr nicht mehr als ein unverhohlenes, aber intimes Abenteuer zu erwarten haben. Von Victor selbst angewiesen und in dem Wissen, daß er auf der anderen Seite des Spiegels jedes ihrer Gespräch mit anhört, erklärt Alicia gleich zu Beginn, sie sei die Geliebte eines reichen Ausländers, der mit ihr dort lebe. Es wird ihnen weiterhin klargemacht, daß dieses Scharmützel nur möglich sei, weil ihr Mann sich auf Reisen befinde.

Bei zwei Gelegenheiten, als sie bei den Männern ein überaus starkes Interesse an weiteren Details spürte, schnitt sie ihnen barsch das Wort ab: »Bist du hier zum Ficken oder willst du meinen Lebenslauf erfragen?«

Einem Naiven (oder möglicherweise einem Schurken, wer weiß) mußte sie erbarmungslos einen kalten Guß verpassen, als er beim dritten Zusammensein ihr die ganze Tiefe seiner Gefühle offenbarte.

»Mensch, hör auf mit dem Scheiß. Mir gefallen nur Millionäre, und du verfügst nicht mal über ein kleines Stück Land für deinen eigenen Sarg.«

Elisabeth (aufgrund einer pathologischen Schüchternheit, wie ihr Victor erzählte) hatte Alicia nie zu Gesicht bekommen, aber als Zeichen der Zufriedenheit mit ihrer *ars amandi* beschenkte Elisabeth sie mit einem kompletten Sèvres-Geschirr aus 96 Teilen, welches Margarita in einen wahren Glücksrausch versetzte. Von einer ihrer Reisen brachte Victors Gattin sogar eine spanische Markengitarre mit.

Nach außen hin lebt Victor in dem Apartment, das Alicia als Bühne dient, und sie wohnt normalerweise bei ihrer Mutter, doch für die Angestellten der Firma ist Alicia seine Geliebte. In den Monaten Juli und August, die

Elisabeth in New York verbrachte, hatte Victor sie häufiger beansprucht. Damals wohnten beide eine ganze Woche lang in Siboney.

Von Anfang an war der Sex zwischen ihnen sehr befriedigend. Sie hatten viel Spaß. Obwohl Alicia in dieser Zeit keine Show vorführen mußte, zahlte Victor ihr die monatlich vereinbarte Summe vollständig weiter. Er war ein Verschwender, einem Märchenprinzen gleich, so gefielen ihr die Männer. Ohne Geiz, ohne Kalkül.

Das Cabrio, das ihr für die Jagd-Ausflüge zugewiesen wurde, durfte sie je nach Lust und Laune benutzen. Dadurch konnte sie ein wenig mit ihrer Mutter herumgondeln, an die Strände von Varadero, nach Viñales oder die Marina Hemingway fahren, sie konnten beide allein in einem guten Restaurant zu Abend essen und ein Haus am Strand von Guanabo mieten, ohne daß sie das Hin und Her allzusehr belastete.

Vom Personal der *Groote International Inc.* hat Alicia bereits ein halbes Dutzend Manager kennengelernt, fast alle Holländer, die von Victor zum Dinner nach Siboney eingeladen wurden oder zu *weekends,* bei denen Poker gespielt und Gin getrunken wurde. Squash, Sauna, Swimmingpool, *barbecue.* Wiederholt gingen sie mit Besuchern abends aus. Sie waren zusammen auf verschiedenen Felseninseln, auf denen die Firma Hotels bauen ließ oder in der Privatyacht von *señor* Hendryck Groote, den Alicia immer noch nicht kennengelernt hat, fischen gegangen.

Einmal mußte Margarita in Siboney ein Abendessen bereiten, bei dem Karl Bos, der Geschäftsführer der Firma, eingeladen war, ein riesiger Typ, der die peinlichsten Witze erzählte, bei denen alle aber zwangsläufig lachen mußten, weil sein Spanisch so schrecklich komisch klang und er sich über seine eigenen Witze ausschütten konnte, was wiederum andere ansteckte. Er war mit einer dicken Schwarzen von den Niederländischen Antillen verheiratet, rothaarig und wortkarg, die man nur *»yes«* und *»Thank you«* sagen hörte. Auch den großnasigen Jan van Dongen hatten sie an diesem Abend eingeladen, der mit einer wunderschönen Mulattin, einer Krankenschwester aus Santiago, zusammenlebte, die nach Aussage von Alicia sehr sympathisch und offenherzig war.

»Die Nachtfarben machen diese Europäer immer ganz kirre«, sagte Margarita amüsiert zu ihrer Tochter.

Doch keiner von Victors Gästen, ob nüchtern oder betrunken, ob Frau oder Mann, hatte je die Taktlosigkeit begangen, im Beisein von Alicia den Namen Elisabeth zu erwähnen.

Zu den Voraussetzungen ihres Abkommens gehörte, daß zur Finca, in der Alicia ihre Show bot, nur die von ihr oder von Victor und Elisabeth ausgewählten Gäste Zutritt hatten. Anderen Geliebten oder Freunden von Alicia war dies ausdrücklich verwehrt.

Im Juni hatte Alicia Fernando, einen weiteren Argentinier kennengelernt, mit dem sie sich drei Tage in ihrem Haus in Miramar einschloß. Zweimal hatte er Freunde und Gäste mitgebracht, die von den musikalischen Künsten und dem Charme der Tochter und den kulinarischen Fertigkeiten der Mutter überaus begeistert waren.

Ganz klar, Alicia hat es nun nicht mehr nötig, in die Pedale zu steigen, weder die Klimanlage, noch den sowjetischen Kühlschrank, noch ihre Uhr zu ruinieren, sie braucht nicht mehr die Show mit dem dicken Maler abzuziehen noch vorzugeben, eine Studentin zu sein. Vorbei die Zeiten, daß sie sich auf dem Sofa in ihrer

Wohnung auszog, um schon bei der ersten Begegnung die Freundschaft mit dem neuen Kunden zu vertiefen. Jetzt läßt sie es ruhig angehen, ihre Freundschaften entwickeln sich in einem langsamen und dezenten Rhythmus. Sie nimmt tatsächlich keine Einladungen oder Geschenke an und ist nun diejenige, die aus eigener Tasche ihre Kunden beschenkt. Ihre bezaubernden Pfeile, unterstützt von Geld und Luxuskarosse, treffen ohne große Mühe ins Schwarze. Vor diesem Hintergrund erreichen Sätze wie: »Beleidige mich nicht mit Geschenken« oder »Die Würde ist das einzige, was uns bleibt« eine äußerst dramatische Wirkung. Das Ergebnis: der argentinische Typ hat ein ganzes Vermögen durchgebracht, sie mit Geschenken überschüttet und ihr versprochen, sie nach Buenos Aires einzuladen.

Im kommenden Monat, aus fast identischen Gründen, erhält sie einen festen Heiratsantrag und das Angebot, ein luxuriöses Apartment in Madrid, im Viertel La Castellana, zu beziehen.

Aber Alicia hat es nicht mehr eilig. Sie kann es sich erlauben abzuwarten. Dank der stabilen Lage, die Victor ihr garantiert, und dem neuen Image, das sie ausstrahlt, keine finanziellen Interessen zu haben, weiß sie, daß sie das Spiel des einsamen Herzens und der selbstlosen Liebe betreiben kann. Sie hat sich entschlossen, mit größtmöglicher Vorsicht zu agieren. Auf keinen Fall wird sie den Erstbesten akzeptieren, auch wenn er ein reicher Gentleman ist. Wer sie aus Kuba herausholen will, wird ein echter Millionär sein müssen. Der muß schon wie ein Esel Dukaten scheißen.

Dem Argentinier und dem Spanier hat sie den Laufpaß gegeben.

»Ich werde darüber nachdenken.«

»Dein Vorschlag macht mich stolz, und ich weiß ihn wirklich zu schätzen, aber ...«

Sie hat sich eine ganze Sammlung von Abers zurechtgelegt, und jede Ausrede läßt ihre Galane in der eigenen Glut weiter schmoren. Sie haben die Aufgabe, die Flamme am Leben zu halten, denn sie bilden schließlich ihre strategische Reserve, falls alles schiefgehen sollte. Wenn sie zu Alicia zurückkehren, werden sie von ihr zu Hause bewirtet, mit der Sorgfalt einer Geisha. Doch ihr Entschluß, und darin wird sie von ihrer Mutter bestärkt, steht unausweichlich fest: Sie wartet darauf, daß ein ganz großer Fisch anbeißt.

16

Ein Herr Polanco fragt nach Ihnen ...«

»Danke, Julia, bring ihn rein.«

Van Dongen schaut auf die Uhr. Er hat ihn für eins bestellt, aber unerklärlicherweise ist die Zeit verflogen, ohne daß er es bemerkt hat.

Hauptmann Polanco, ein pensionierter Polizist, gehörte zum kubanischen Dezernat, das früher die Aktivitäten der PNR, der revolutionären, nationalen Polizei, und INTERPOL in Paris koordinierte. Mit Erlaubnis der kubanischen Polizei führte er kleinere private Recherchen im Auftrag von Firmen und ausländischen Staatsbürgern durch.

Zwei Monate bevor van Dongen mit den Wirtschaftlichkeitsberechnungen des Projektes King begann, hatte er auf eigene Rechnung und ohne jemanden in Kenntnis zu setzen – nicht einmal seinen Boß Hendryck Groote – beschlossen, den Lebenslauf von Victor King gründlich untersuchen zu lassen. Nicht daß er irgendeinen Verdacht hegte. Er bewunderte das Talent des Kanadiers, von Anfang an empfand er sogar Sympathie für ihn. Als jedoch das Projekt King im Unternehmen in die Diskussion geriet, nahm sich Jan vor, ihn gründlich zu durchleuchten. Genaugenommen wußte man fast gar nichts über seine Vergangenheit. Er war ohne jede Referenzen in die Firma gekommen, auf einseitige und persönliche Entscheidung von Rieks, der das Galeonen-Projekt enthusiastisch begrüßt hatte. Dieser Unbekannte sollte nun sehr bald eine milliardenschwere Operation leiten. Es war also keine Frage des Mißtrauens oder gar Bosheit, es ging ausschließlich um das saubere Verfahren, eine Frage elementarer Prophylaxe.

Via Amsterdam-Paris war van Dongen der Kubaner Polanco empfohlen worden, der ihm seine Hilfe anbot. Um den Namen Victor King nicht a priori zu beschädigen und ihn höchst diskret überprüfen lassen zu können, hatte er Polanco ein Glas überreicht, auf dem Victors Fingerabdrücke waren. Also, ohne seinen Namen zu verraten. Er verschwieg Polanco auch, daß dies die Fingerabdrücke eines hohen Firmenangehörigen waren. Er sagte, es handele sich um einen Kunden, bei dem er sichergehen wolle, daß er nicht vorbestraft sei. Es gehe darum, Risiken zu vermeiden, schließlich sei sehr viel Geld im Spiel. Polanco hatte sofort verstanden und stellte keine weiteren Fragen.

An diesem Vormittag hat Polanco am Telefon mitgeteilt, daß die Fingerabdrücke zu einem Verbrecher paßten, der im zentralen Archiv der INTERPOL gespeichert war.

Diese Nachricht hatte van Dongen äußerst beunruhigt. Wenn es sich wirklich um ein gefährliches Subjekt handelte, könnte das Projekt King nicht durchgeführt werden. Nach den vielversprechenden Erwartungen, die Rieks mit dem Projekt verband, würde diese Nachricht einen fürchterlich Schock für ihn bedeuten.

»Von dem Glas, das Sie uns gegeben haben«, sagt Polanco, der vor ihm sitzt, »habe ich ein paar Abdrücke genommen und sie nach Paris übermittelt. Es war ein Volltreffer. Die haben ein Dossier über ihn. Hier ist ein Bericht.«

Polanco holt aus seiner Aktentasche einen großen Umschlag, aus dem er ein betipptes Blatt Papier zieht.

»Lesen Sie französisch?«

Van Dongen nickt, nimmt das Papier und liest.

»Die uns im Paket Nr. 3324/Cu zugesandten Fingerabdrücke korrespondieren mit denen von Henry A. Moore, kanadischer Staatsbürger, geboren 1952.

Am 18. Dezember 1974, im Alter von 22 Jahren, unternahm Henry Moore einen Überfall auf die Filiale der National City Bank of New York in Veracruz. Mit einer Beute im Wert $ 87 000 (in mexikanischer Währung zum damaligen Kurs) gelang ihm die Flucht. Er investierte das Geld vollständig in ein gescheitertes Unternehmen, bei dem es um die Sondierung des Meeresgrunds ging.

Am 12. August 1976 überfiel der Besagte eine Filiale derselben Bank in Cancún. Beute: $ 200 000. Zwei Wochen später konnte der Betreffende verhaftet werden.

Im April 1977 wurde er zu sieben Jahren Haft verurteilt, von denen er 62 Monate im dortigen Gefängnis absaß.

Für weitere Informationen konsultieren Sie den beiliegenden Mikrofilm.

Fotos sind beigelegt.«

Van Dongen zieht ein Foto aus dem Umschlag. Das ist ohne Frage Victor King. Sehr kurz geschnittenes Haar, 25 Jahre jünger.

Als Polanco mit einem Barscheck gegangen ist, bleibt van Dongen in Gedanken zurück. Er starrt auf ein Profil von Carmen, eine Zeichnung, die er erst kürzlich an die Wand gepinnt hat.

So, er heißt also Henry Moore, er ist ein Betrüger und ein Revolvermann. Wer hätte das von ihm gedacht …

»Scheiße«, entfährt es ihm.

Jan van Dongen beläßt es bei diesem Ausruf, dem keine Geste von Unbehagen oder Angst folgt. Im Gegenteil, er nickt zustimmend, beugt sich vor, schlägt sich auf den Schenkel und lächelt zufrieden.

17

Das weiße Cabrio von Alicia fährt auf den Parkplatz eines eleganten, neu eröffneten Lokals. Victor beobachtet sie von der Terrasse aus. Er raucht eine Havanna und läßt die Eiswürfel in seinem Chivas Regal klingen.

Per Handy hat Alicia ihn gebeten, ihr einen Shake mit Mamey-Frucht zu bestellen, der schon in einem schlanken Glas auf dem Tisch bereitsteht.

Alicia steigt aus dem Wagen und tritt an den Tisch. Sie sieht äußerst attraktiv aus und ist sich dessen bewußt. Mit sicherem Gang, ganz selbstzufrieden. Victor bekommt ein konventionelles Küßchen, dann nimmt sie Platz, widmet sich ihrem Shake, schlürft ein wenig und leckt sich die Lippen.

»Mmmh ... Danke schön ... ich hab vielleicht einen Kater!«

Victor genießt ihre Anwesenheit, sie ist eine wahre Augenweide.

»Kann ich mir denken. Gestern nacht ging es ziemlich heftig zu ...«

Während Alicia die Beine übereinanderschlägt und ihren Shake umrührt, beginnt Victor ihr gebräuntes Knie zu streicheln. Alicia räkelt sich im Stuhl.

»Laß das bitte! Kommen wir zur Sache.«

Victor lächelt und zieht an seiner Havanna. Er kramt in der Tasche seines Jacketts herum und legt wortlos das Foto eines gut aussehenden Mulatten, der in einer Stammestracht abgebildet ist, auf den Tisch.

»Wooaah! Ein Leckerbissen! Wer ist das?«

»Er heißt Cosme. Wir haben ihn vor einigen Tagen tanzen sehen. Elisabeth ist völlig auf ihn abgefahren …«

Ohne den Blick von dem Foto zu nehmen, reißt Alicia ihre Augen weit auf und ist voller Begeisterung.

»Junge, deine Elisabeth hat aber wirklich einen sehr guten Geschmack … Und wo treffe ich dieses Bonbon?«

»Im Nationalen Folklore Ensemble.«

»Ich liebe Tänzer, sie sind so flexibel, sie biegen sich in jeder Stellung …«

»Sei vorsichtig, nicht alles biegt sich.«

Alicia lacht, trinkt schnell ihren Mamey-Shake, steckt das Foto in ihre Umhängetasche und erhebt sich.

»Gehst du schon?«

»Ja, ich muß noch einiges erledigen. Für wann wollt ihr die Nummer mit dem Mulatten?«

»Wenn du es schaffst, ihn heute abend mitzubringen, wäre das Spitze.«

»Gleich heute nachmittag mache ich meine Aufwartung. Wenn er anbeißt, ruf ich dich auf deinem Handy an.«

»Wir würden dich so um neun erwarten.«

Sie ist einverstanden, beugt sich zu ihm, um ihm ein Abschiedsküßchen hinzuhauchen, setzt sich die Sonnenbrille auf und entfernt sich von der Terrasse.

Ein Kellner, der sie weggehen sieht, bleibt erstarrt stehen mit einem Glas in der Hand. Selbst das Glas scheint auf dem Weg vom Tablett zum Gast erstarrt zu sein. Dort bleibt es solange, bis Alicia in ihr Cabrio steigt und der Wagen um die nächste Ecke abgebogen ist.

Als der junge Kellner wieder zu sich kommt, hebt er die Augenbrauen, stöhnt leise auf und starrt Victor mit einem untröstlichen Blick an.

Erst danach erreicht das Glas den Tisch des Gastes.

18

Sonntagvormittag. Im eleganten Golfclub im Viertel Capdevilla spielt Victor Tennis. Zuversichtlich macht er einen letzten Aufschlag, spielt dreimal den Ball und gewinnt den Satz. Er geht ans Netz, reicht dem Verlierer die Hand und läuft zu den Klappstühlen, die am Spielfeldrand stehen. Victor trocknet sich mit einem Handtuch ein wenig den Schweiß ab und läßt Schläger und Bälle in einer Sporttasche verschwinden. Er verläßt den Platz über einen Gehweg, der mit rotem Sand bestreut ist. An seinem Wagen öffnet er die Tür, wirft die Sporttasche auf den Rücksitz, aus einer Kühltasche nimmt er eine Dose mit einem Erfrischungsgetränk, von dem er einen Schluck trinkt. Er will sich gerade eine Zigarette anzünden, da hört er auf dem Parkplatz Räder quietschen. Victor dreht sich um und sieht zu seiner Überraschung van Dongen, der lächelnd aussteigt. Der Großnasige trägt ein weites Hemd, weiße Hosen und dunkle Mokassins. In der Hand hält er eine kleine Ledertasche.

»Du spielst auch Tennis? Was für ein Zufall!«

»Nichts ist Zufall. Ich will dich sprechen.«

»Gib es etwas Dringendes?«

»Dringend nicht, aber sehr ernst.«

Victor schätzt ihn ab, durchaus besorgt.

»Es muß wirklich sehr ernst sein, wenn du an einem Sonntag …«

Van Dongen schaut sich um und zeigt auf einen Weg.

»Ich schlage vor, wir gehen ein bißchen.«

Victor stimmt zu, legt das Handtuch weg, schließt die Wagentür ab und erwartet gespannt, was es so Ernstes gibt.

Van Dongen öffnet eine kleine Tasche, zieht zwei Blätter heraus, faltet sie auf und reicht sie Victor.

»Das habe ich vor wenigen Tagen von INTERPOL bekommen.«

Bei dem Namen zuckt Victor unwillkürlich zusammen. Er runzelt die Stirn und beobachtet van Dongen von der Seite. Ganz blaß ist er geworden.

Dann nimmt er den Blick herunter und überfliegt das erste Blatt, betrachtet das zweite und gibt ihm die Blätter zurück.

»Tja, stimmt alles.« Er schaut van Dongen herausfordernd an. »Ich nehme an, du bist entsetzt.«

Van Dongen lächelt zurück und nickt ein wenig.

»Nein, ich bin keineswegs entsetzt. Auch ich habe in jungen Jahren ein wenig revoltiert und bin immer noch der Meinung, daß es viel anständiger ist, eine Bank zu überfallen als sie zu besitzen.«

Victor bleibt stehen. Der Kommentar von Jan hat ihn doch überrascht. Dazu fällt ihm nichts ein. Verlegen kratzt er sich am Kopf und lächelt.

Jan macht zwei Schritte, dann bleibt auch er stehen, dreht sich um und schaut Victor an, der ihn von oben bis unten taxiert. Mit ernster Miene bringt er sein Mißtrauen zum Ausdruck, doch die Geste verrät eher Angst und Ungewißheit.

Van Dongen sagt kein Wort und blickt ihm gelassen ins Gesicht. Er hat es keineswegs eilig.

Endlich fällt Victor ein passender Satz zu seiner Situation ein.

»Wie soll ich denn deine Antipathie gegen Banken

und deine Beziehung zu einem Millionär wie Rieks verstehen?«

»Ganz einfach. Rieks hat mich vor dem persönlichen Scheitern und dem völligen Chaos gerettet. Und ich bin ein dankbarer Mann. Aber ich bin nicht hier, um dir das zu erzählen.«

Von einer Überraschung zur anderen versucht Victor etwas von sich zu geben, aber ohne Erfolg. Schließlich zuckt er mit den Schultern und stellt ihm abrupt die Frage, die ihn am meisten beschäftigt: »Muß ich davon ausgehen, daß inzwischen jeder in der Firma mein Vorleben kennt?«

Jan geht weiter, um nachzudenken. Er steuert eine kleine Bank am Rand des Weges an, befreit sie vom Laub und setzt sich hin.

Victor bleibt vor ihm stehen. Leert mit einem letzten Schluck die Dose und schmeißt sie in die Büsche.

»In Kuba weiß überhaupt niemand etwas davon, Victor. Im Moment weiß nicht mal INTERPOL, daß Henry Moore und Victor King identisch sind. Nur ich weiß davon.«

»Auch Rieks ist nicht auf dem laufenden?«

»Nein, er hat keinen Schimmer ...«

Victor hebt verstört die Hände.

»Was willst du dann von mir?«

Van Dongen senkt den Kopf, als könne er die Antwort auf dem Boden finden.

»Ich möchte, daß du meine Lage als Vertrauter von Rieks verstehst. Erstens, weder dein Vorleben noch deine Namensänderung erschreckt mich, ich gehe davon aus, daß die Überfälle ein Mittel waren, um deine unterseeischen Abenteuer zu finanzieren. Ich bewundere leidenschaftliche Menschen. Und nach versunkenen Galeonen zu suchen, scheint mir eine wunderbare Leidenschaft zu sein.«

Jan macht eine Pause, um zwei Zigarren aus seinem Täschchen zu holen. Er hält Victor eine hin. Während er sie anzündet, bemerkt er, daß Victors Hand heftig zittert.

»Zweitens habe ich dein Projekt gründlich studiert, es scheint mir nicht nur durchführbar zu sein, sondern es begeistert mich sogar. Was für ein großes, poetisches Abenteuer von hoher Rentabilität! Dem würde auch ich mein Leben widmen. Es würde mich glücklich machen, wenn ich meinen gegenwärtigen Posten verlassen könnte, um zu deinem Adjutanten zu werden.«

Victor lächelt, aufgeblasen vor Eitelkeit, und errötet.

»Was könnte ich mir mehr wünschen!«

»Bei der enormen Investition für die Ausrüstung und den Tausenden von Touristen, die du zum Tauchen in diese Gewässer schickst, können nach meiner Meinung große Schätze entdeckt werden. Durch deine Pläne kann die Company in den nächsten Jahren hunderte von Millionen verdienen. Nur du kannst die Arbeiten der verschiedenen Teams und der Taucher koordinieren. Du wirst der erste sein, der erfährt, an welcher Stelle und was da unten aufzustöbern ist. Via Computer verfügst du über alle Informationen des von ihr geplanten Vorhabens. Und hier liegt das einzige Problem. Du wirst die ganze Verfügungsgewalt darüber haben. Daher stellt sich die Frage, welche Garantien hat Rieks, wenn, nur mal angenommen, du zwischen den Korallenriffen eine versunkene Galeone entdeckst, plötzlich auf eigene Rechnung arbeitest und über den Wert der Beute mit einer anderen Firma verhandelst, die dir auf einen Schlag hundert Millionen Dollar zahlt, anstelle des bescheidenen Salärs, das du von uns erhältst.«

Victor will ihn unterbrechen, doch van Dongen stoppt ihn.

»Laß mich ausreden. Setz dich hin und hör zu.«

Victor setzt sich auf die Bank und verschränkt die Arme vor der Brust. Er dreht sich zu Jan, um ihn direkt anschauen zu können.

»Mich kümmert die Firma und die Familie Groote einen Scheiß. Ich kann Vincent genausowenig wie du leiden. Aber Rieks bin ich wirklich verpflichtet und ich werde sein Vertrauen nie mißbrauchen.«

Jan fixiert ihn und hält seinen Blick, als wollte er abschätzen, inwieweit Victor ihm folgen kann.

»Ich bin nicht der Meinung, daß du ein schmutziges Spiel mit Rieks spielst. Das glaube ich bestimmt nicht, Vic. Aber ich kann mir dessen nicht sicher sein. Deswegen bin ich hier. Nur, um dich zu warnen. Wenn du Rieks betrügst oder beklaust, werde ich mich schuldig fühlen. Und dann wirst du nicht bloß hinter Gitter kommen. Ich laß dich umbringen.«

Victor atmet tief durch, erleichtert. Nach dem ersten flauen Gefühl, das die Erwähnung von INTERPOL bei ihm erzeugt hat, kommt Jans Drohung ihm beinah wie ein Segen vor.

Während der Gesprächspause meidet Jan Victors Blick und wie immer, wenn er sein groteskes Profil zeigt, streicht er mit dem Daumen über seinen Zinken. Ein Vorwand, um seine Nase mit der Hand abzudecken.

»Du verblüffst mich, Jan«, bemerkt Victor, ohne ihn anzuschauen. »Auf der einen Seite bin ich dir dafür dankbar, daß du meine schmutzige Wäsche nicht öffentlich aushängst. Auf der anderen Seite bedrohst du mich. Ich versteh nicht, warum du Rieks nicht eingeweiht hast ...«

»Auf keinen Fall. Deine Vergangenheit würde ihn dazu führen, dich aus dem Projekt zu schmeißen. Aber ich will, daß die Sache weiter vorangetrieben wird. Ich bin überzeugt, daß ohne dich alles anders wäre.«

Victor blickt Jan erstaunt an.

19

Eine zähe, dunkelbraune Creme bedeckt seit zwei Stunden ihr Gesicht. Auf den Ringen unter den Augen, den Wangen und den Schläfen liegt eine Art grünlicher Lack, der die Haut straffen soll. Der Kopf ist mit einem Turban bedeckt. Im Spiegel zieht sie ein paar Grimassen, beginnt sie, die Fingernägel in sanftem Lila zu lackieren.

Als sie damit fertig ist, hebt sie die Hände und fächelt mit den Fingern, um den Emaille-Lack zu trocknen. Sie posiert vor dem Spiegel.

Ein nasaler Träller. Sie zündet sich eine Zigarre an und legt sie auf den Aschenbecher. Als sie das Handtuch aufknotet, klingelt das Telefon.

»*Hello*«. Sie spricht englisch mit einer sehr tiefen Stimme. »Kommt Alicia endlich? Und mit wem? Ausgezeichnet, Victor, du bist ein Genie. Ja, ja, du wirst schon sehen, ich habe eine Überraschung für dich. Nein, beeil dich, ich warte auf dich. *I love you.*«

Sie legt den Hörer auf und lächelt, während sie an den *new look* denkt, mit dem sie Victor überraschen will. Sie wird erstmals eine afrikanische Perücke tragen, mit lauter kleinen Zöpfchen und ein dunkles Make-Up auflegen, um wie eine Mulattin auszusehen. Sie weiß, daß Victor für die eine Schwäche hat.

20

Alicia kommt gefolgt von Cosme in den Salon, in dem der Brunnen plätschert.

»Mach's dir bequem, ich bin gleich da.«

Der junge Mann bleibt stehen, irritiert von dem Luxus, der ihn umgibt. Durch das große Fenster bestaunt er die Gartenanlage und den Swimmingpool. Er inspiziert alles. Schaut sich die großartige Vase an, dann den riesigen Fernseher und den Brunnen inmitten des Zimmers. Er bückt sich und prüft die Temperatur des Wassers.

In diesem Augenblick bemerkt er das Holzstück, das am Rand des Wassers steht, kaum einen Meter hoch. Es handelt sich um einen bärtigen Faun mit den Hufen eines Ziegenbocks und spitzen Ohren, herausragendem Gesäß und mit einem steifen Phallus ausgestattet, der ganz schwarz und hochpoliert ist. Cosme bestaunt ihn verwirrt und grinst.

Hinter ihm taucht Alicia auf.

»Ist er nicht ein Schatz?«

Cosme dreht sich irritiert um und blickt sie an, als sei es das erste Mal.

Alicia ist barfuß, hat sich die Haare zu einem Knoten aufgesteckt und den BH ausgezogen. Sie trägt einen Mini-Unterrock und ein durchsichtiges Bustier, das ihren Busen kaum bedeckt.

Cosme fährt sich über die Lippen, als er ihre Brüste anschaut. Alicia bückt sich neben den Faun und streichelt heftig über seinen Schenkel.

»Den hat mir gestern ein befreundeter Bildhauer geschenkt«, sagt sie und fährt mit der Hand über die Po-Backen der Holzfigur. »Nicht auszuhalten, diese Hitze! Willst du nicht baden und dich ein bißchen erfrischen.«

Cosme ist etwas unsicher, stimmt aber zu.

»Ja, also wenn ich darf ...«

Alicia entfernt sich und sagt spitz: »Klar darf man, zieh dich aus, du Feigling. Möchtest du einen Drink haben?« Sie stellt diese Frage, während sie ganz unabsichtlich ihre Brust berührt.

Cosme knöpft sein Hemd auf.

»Eine gute Idee. Was wirst du trinken?«

»Einen Rum *on the rocks.*«

»OK, ich bin dabei«, Cosme hält seinen Daumen nach oben.

21

Unter den Zöpfchen schaut sie sich zustimmend an. Eine Pracht, diese Perücke. Immerhin hat sie zweitausend deutsche Mark gekostet.

Sie hat sich einen legeren, weißen Pulli angezogen, der ihren Hals völlig bedeckt, und darüber ein Rüschenkleid, das Wellen auf ihrem Oberkörper schlägt, um die fehlenden Brüste zu kaschieren. Seit heute morgen hat sie die Klimanlage auf die höchste Stufe gestellt. Sie wird keine Hitze spüren.

In den schwarzen Strümpfen und auf den hohen Absätzen sehen ihre etwas zu breiten Beine wohlgeformt aus.

Sie macht ein paar Schritte im Schlafzimmer und beobachtet sich dabei im Schrankspiegel, die Taille mit einem breiten Gürtel gestrafft, rotes Leder. Wieder blickt sie in den Spiegel.

Ja, eine schöne Mulattin, Elisabeth. Ziemlich extravagant. Hoffentlich gefällt es ihm.

Mit dem Rücken zum Spiegel hebt sie den Rock und inspiziert ihr Gesäß. Mag sein, daß das nicht die Po-Backen von Alicia sind, aber um diese Taille würden sie viele Frauen beneiden.

Eine halbe Stunde später hört sie Victor kommen. Sie parfümiert sich die Ohrläppchen mit Jean Patou, zündet eine Cohiba an und begibt sich die kleine Treppe ins Wohnzimmer hinab. Eingehüllt in kubanischen Rauch und den Rosenduft Frankreichs.

»*Beautiful*«, begrüßt sie Victor am Fuß der Treppe.

»Gefällt dir meine Perücke?«

»*Marvellous*«, bestätigt Victor und streicht sanft über ihre Zöpfchen.

Elisabeth imitiert ein paar Schritte im Stil von *pimp roll*, wie sie es aus den USA kennt. Er feuert sie an, in echter Bewunderung. Victor spürt eine vorzeitige Erektion.

Er faßt Elisabeth an der Hand, führt sie über ihren Kopf, dreht sie im Kreis und läßt sie tänzeln. Im Hintergrund Musik von Michel Legrand.

Sie geben sich ein kurzes, flüchtiges Küßchen.

Nachdem er sie mehrfach im Kreis gedreht hat, faßt er sie um die Taille und drückt ihr einen leidenschaftlichen Kuß auf die Lippen.

Elisabeth spürt die Härte an ihrem Unterleib und faßt mit beiden Händen zu.

»How powerful!«

Sie hören das dreimalige Zirpen der Zikade.

»Ach, Alicia ist schon nebenan ...«

Victor schaut auf die Uhr.

»Es ist aber erst viertel vor neun ... Sie ist zu früh gekommen, das war nicht abgemacht.«

»Mit so einem Schwarzen in den Armen würde ich mich auch beeilen ...«

Victor tut so, als wolle er ihr mit dem Handrücken einen leichten Klaps geben.

Elisabeth entschwindet lachend und zieht an einer luxuriösen Gardine aus rotem Samt. Die Enden der Gardinen schließt sie mit gelben Klammern, die an den Schränken angebracht sind.

Victor dreht schnell das Sofa um, so daß sie zur Wand hinschauen können. Dann zieht er den Teewagen näher an sich heran und stellt ihn neben das Sofa.

Elisabeth schiebt die Türen des falschen Regals auf und sie erblicken Cosme, der am Rand des Brunnens steht.

Der Hintergrund des Spiegels ist nicht völlig transparent. Er sieht etwas weißlich aus und hat einen leichten Glanz, dennoch kann man ausgezeichnet in den Nebenraum sehen.

Ein Gefühl von Frische und Weite entsteht in dem Raum, den beide Salons bilden, diesmal verbunden durch einen Bildschirm.

Cosme hat sein Hemd abgelegt und beginnt, seine Schuhe auszuziehen.

Tatsächlich, er ist eine Statue von Mann, einwandfreies Gebiß, zärtliche Augen, breites Kreuz und eine schlanke Gestalt, feingliedrige Hände. Unglaublich elegant.

Elisabeth genießt es, den Mulatten anzuschauen, der nur noch im weißen Slip da steht, mit einer goldenen Kette und einem Kettchen aus roten Steinen um den Hals. Sie schaut ihm zu, wie er langsam ins Wasser hineingleitet. Als er den Boden erreicht hat, das Wasser bis zum Kinn, geht er auf die Knie.

Victor betrachtet mit Neugier die Holzfigur. Er nähert sich dem Bildschirm, um sie genauer anzuschauen. Die Figur verfügt über ein großes, glänzendes Glied, etwa fünfzehn Zentimeter lang. Im Verhältnis zu den achtzig Zentimetern Höhe wirkt es riesig. Der Faun hat ein Lächeln auf dem Gesicht, stolz auf seine Maße.

Als Elisabeth dies alles bemerkt, bricht sie in ein männliches Gelächter aus und läßt sich auf das Sofa fallen, bereit, sich die Show anzuschauen.

»Wo hat dieses verrückte Mädchen nur dieses Ding gefunden?« bemerkt Victor, während er Eiswürfel in sein Whiskyglas fallen läßt.

»Bring mir einen Martini mit«, bittet ihn Elisabeth. »Mariana hat einen ganzen Liter vorbereitet, steht im Kühlschrank. Und auch die griechischen Oliven mit ...«

Als Victor in der Küche verschwunden ist, nutzt sie die Gelegenheit, um das Suspensorium an die richtige Stelle zu bringen. Sie wird sich ein anderes Modell holen müssen. Dieses ist viel zu eng. Heftig zieht sie daran.

»Shit!«

Jedesmal, wenn Elisabeth die Beine übereinanderschlägt, spürt sie ein Ziehen an den Hoden.

22

Alicia betritt die Szene und sieht, wie Cosme in Unterhosen am Rand des Pools kauert.

»Komm, Süßer, mach dich nicht lächerlich, zieh dich doch ganz aus ...«

Cosme schaut sie aus dem Augenwinkel an, ein wenig verschämt.

»Und wenn plötzlich jemand kommt?«

Ihr gefällt seine Schüchternheit. Sie steht am Pool, sich ihres Charmes durchaus bewußt, wackelt mit den Hüften, die Hand in der Taille, und blickt ihn spöttisch an, süffisant.

»Wenn jemand hereinkommt, wird er uns eben beim Ficken überraschen. Oder gefällt dir das nicht?«

Angesichts solcher Chuzpe gelingt Cosme nur ein Lächeln.

»Sollen wir jetzt gleich im Wasser? Ist lauwarm, angenehm ...«

»Nein, später im Wasser, ich zieh' es hier vor ... Komm raus.«

Alicia setzt sich mit gespreizten Schenkeln hin, vor sich einen hölzernen Hocker, den sie herangezogen hat.

Während Cosme aus dem Wasser steigt, legt sie das Oberteil ab und weist auf den Hocker, der ihr bis zum Hals reicht.

Alicia bewundert seine Bewaffnung, hebt die Augenbrauen, als Cosme die Unterhosen fallen läßt.

»Du meine Güte, das wird für uns ein Festmahl ... Komm, Süßer, hock dich da drauf.«

Was Elisabeth und Victor nun zu sehen und zu hören bekommen, spiegelt sich in ihren erregten Gesichtern wider.

Sie lachen, beißen sich in die Lippen, keuchen. Schmerz und Lust wechseln sich ab.

»Oh, Vic, look at that.«

Die Stimme von Elisabeth klingt gepreßt vor Wollust.

Das Telefon klingelt mehrmals hintereinander.

»Das muß der Bildhauer sein, der wollte mich anrufen …«

»Ich bitte dich um alles in der Welt, laß es klingeln. Mach weiter, bitte …«

Alicia, die neben dem Faun auf dem Bauch liegt, greift zum Hörer, ohne von Cosme abzulassen.

»Ist ja gut, mein Junge, laß mich doch rangehen …

Jorge? Du bist ein Schatz. Ja, und wie er mir gefällt. Was hast du mit dem Piephahn gemacht, daß der so glänzt? Vaseline? Für mich? Ach, du kleines Schweinchen … Ja, ich bin allein …«

Sie zwinkert Cosme zu und küßt ihn, während sie telefoniert.

»Also, das ist es nicht genau, aber es handelt sich um etwas Ähnliches wie Essen … Wetten, du wirst es nie erraten?«

Auf der anderen Seite macht Elisabeth Alicia alles nach.

Victor lehnt sich lasziv zurück und läßt sie agieren, während er das Treiben von Alicia mit großem Vergnügen genießt.

»Nein, es ist kein Karamelbonbon, es schmeckt leicht salzig …«

In seiner Ekstase hat Cosme den Witz nicht mitgekriegt …

»Ja, sehr nahrhaft … ganz ohne es könnte ich nicht leben … warm, warm … was für eine Form? Wie eine Wurst … Aber etwas größer und … dicker … Ja genau, du hast es erraten … Mmmh, ein Leckerbissen … nein, das geht dich nichts an … Ciao.«

Sie legt den Hörer auf und schüttelt sich vor Lachen.

Auch der Faun scheint zu grinsen.

Als sie sich Cosme wieder zugewandt hat, sieht sie, wie er schon mit den Augen rollt.

»Nein, noch nicht, warte doch …« Sie entfernt sich ein wenig von ihm.

Alicia streicht den riesenköpfigen Phallus des Fauns.

Hypnotisiert verfolgen ihre drei Zuschauer die Bewegungen ihrer feinen Hand, an der ein Smaragdring glitzert. Jeder von ihnen spürt auf der eigenen Haut das Spiel ihrer geschickten Finger.

Cosme streckt seinen Arm aus und streichelt ihre Brüste. Alicias Hand wird im Spiegel reflektiert. Sie gibt ihm ein Zeichen, auf der Sofalehne Platz zu nehmen, ohne aufzuhören, den Phallus des Fauns zu streicheln. Er setzt sich mit geöffneten Beinen in Reichweite ihrer Lippen nieder, und sie nimmt die Stellung eines Vierbeiners an.

Alicias setzt ihr Lippenspiel mit Cosmes Eichel fort.

Cosme hilft ihr, sich ganz auszuziehen.

Ganz nackt kontrastieren ihre prächtigen Po-Backen mit ihren gebräunten Schenkeln.

Zwischen Küssen und Schlecken beißt sie sich in die Lippen und schließt halb die Augen; das Gesicht einer Hure. Sie streichelt sich mit Cosmes Eichel an Hals und Wangen, beschnuppert mit einem Juchzer sein Glied, als handele es sich um eine Frucht. Im gleichen Rhythmus, in dem sie die Hand auf dem Faun bewegt, bewegt Alicia ihren ganzen Körper. Während sie ihre Lippen über

Cosme gleiten läßt, biegt sie ein wenig ihre Taille zur Seite und hebt ihren Po in die Höhe, um sich mit dem steifen Glied des Fauns zu berühren. Sie küßt Cosme unaufhörlich weiter, dreht sanft den Körper und beginnt, sich mit dem eingeölten Phallus zu erweitern. Fünf Minuten später ist sie vollständig von dem lustvollen Faun penetriert. Als sie mit ihren Hüften eine ungebremste Rotation vollführt, glaubt ein völlig in Ekstase geratener Victor, daß er nicht länger auf Elisabeth warten kann. Mein Gott! Alicia bringt ihn noch dazu, sein gesamtes Knochenmark in die Gegend zu spritzen, Elisabeth verlangt auch nach so einem Faun, und als Victor sieht, wie Alicia ihre Hüften Cosme zuwendet und ihn ganz empfängt und die Rolle mit dem Phallus des Fauns vertauscht, kann er seinen Orgasmus nicht mehr hinauszögern, den Elisabeth ekstatisch abkriegt, *yes! yees!! yeees!!! yeeeeeeesss!!!! yeeeeess. Oh, come on Vic, come on my darling, now Vic, nooow, yeeeeeeaaaaahhhh, ohhhhhhhhhhhh, ohhhhhhh, ohhhh, ohh, oh …*

Bei seinen letzten, heftigen Zuckungen reißt Victor ihr die Perücke mit den Zöpfen vom Kopf. Die sehr blasse Glatze von Elisabeth sticht von dem braunen Make-up ihres Halses und ihrer Arme ab.

Trotz der dunklen Färbung, die er sich gegeben hat, ist es Hendryck Groote nicht gelungen, den dunklen Fleck unter seinem Ohr zu kaschieren.

23

Nach Beendigung der Show nahm Rieks ein Bad, erneuerte sein Make-up, setzte die Perücke wieder auf und zog sich ein anderes Kleid an.

Als Elisabeth stieg er hinab in den Salon. Wie eine verliebte Dame, mit seinem sanftmütigen Lächeln. Nach den acht Martinis eigentlich eher ein dümmliches als ein sanftes Lächeln. Die letzten Vier hatte er schnell hintereinander weggekippt.

Groote und Elisabeth waren sehr unterschiedliche Charaktere, die einander fremden Welten entsprangen. In der Beziehung zu Victor gaben sie darauf acht, sich niemals in die Quere zu kommen. Jeder hatte seinen eigenen Stil. Sie unterhielten sich in der Regel über völlig verschiedene Themen. Im Beisein von Victor erwähnte Rieks niemals den Namen von Elisabeth und sie niemals den von Rieks. Manchmal kam es zwischen Victor und Rieks zu Streitigkeiten in beruflichen Fragen. Auch Victor und Elisabeth zankten sich, aber nur selten und niemals um Geschäfte oder Geld. Die wenigen Reibereien entstanden durch Elisabeths Eifersucht, ihrer andauernden Unsicherheit in bezug auf die Liebe, die Victor für sie hegte.

Er bewunderte die Fähigkeit, sich so überzeugend in zwei verschiedenartige Persönlichkeiten zu spalten. Als es im September zu der großen Auseinandersetzung zwischen Rieks und ihm in der Frage der Kommissionen gekommen war, eine Auseinandersetzung, die sie an den Rand eines geschäftlichen Bruches brachte, wurde auch die Beziehung zwischen Victor und Elisabeth davon belastet.

Sie sahen sich fast einen Monat lang nicht. Zwanzig Tage vor der Begegnung, bei der sie mit der Show von Alicia und Cosme soviel Spaß hatten, war Victor in Rieks Büro bestellt worden. Dabei eröffnete Rieks ihm, auf van Dongens Einschätzung hin sei er von der Berechtigung seiner Forderungen überzeugt. Er werde am nachmittag nach Holland fliegen, um die entscheidende Schlacht gegen seinen Bruder zu schlagen. Dabei wolle er seine Argumente vortragen und Victors Anteile einfordern.

Wenige Tage später, als Rieks mit den Zusagen und der Nachricht, daß der Vertrag Ende Januar unterschrieben werden solle, zurückkam, war Victor ihm für seinen Einsatz sehr verbunden. Er spürte sofort den Wunsch, Elisabeth wiederzusehen und sie sehr glücklich zu machen. Am gleichen Nachmittag hinterließ er ihr zu Hause eine Notiz.

Victor fühlte sich eigentlich von Elisabeth sexuell nicht besonders angezogen. Mit ihren Verkleidungen, Parfüms und einigen anderen Fähigkeiten verstand sie, ihn dennoch zu stimulieren. Er begann stets mit großer Geschicklichkeit, und im Augenblick der Wahrheit, immer im Dunkeln, agierte Victor kraftvoll und wurde ganz annehmbar befriedigt. Doch seitdem sie Alicia hatten, war ihre Beziehung viel lustvoller geworden, etwas, worauf beide in Vorfreude immer wieder gespannt waren. Die junge Frau war einfach unbezahlbar, einfallsreich, freizügig, verrückt, stets originell in ihrer Improvisation. Manchmal machte sie sich über ihre Liebhaber lustig. So genossen sie neben der Stimulierung den Humor, mit dem Alicia ihre Shows würzte.

Seitdem sie in ihr Leben getreten war und dies gleich

in den ersten Tagen, mußte Elisabeth das Vorspiel nicht bei Null beginnen. Wenn Alicia sich ankündigte und Elisabeth im Salon in Frauenkleidern erschien, wurde sie von Victor bereits mit einer Erektion erwartet. Seitdem fühlte sich Elisabeth von Victor aufs Neue angezogen, ihr Vertrauen in ihn war noch weiter gewachsen. Endlich gelang es ihr, sich wie ein ganz aufregendes Weib zu fühlen. Ein Weib, das sich schon als Mädchen in die Arme Alain Delons geträumt hatte und sich vorstellte, von ihm genommen zu werden.

In Wahrheit hätte Groote, auch wenn van Dongen ihn nicht dazu überredet hätte, den Forderungen Victors nachgegeben. Jede unnachgiebige Haltung mußte schließlich die arme Elisabeth ausbaden, die sich aus Liebe zu Victor verzehrte.

Vom dem Zimmer aus, das ihnen als Observatorium diente, kann man die Bühne von Alicias heiligen Handlungen betrachten. Sie ist bereits mit Cosme abgefahren. Nur der Faun steht da mit seinem unermüdlichem Lächeln.

Elisabeth verschließt die Gardinen vor dem Schrank und trällert ein wenig dabei. Sie schenkt sich noch einen Martini und Victor einen Whisky *on the rocks* ein und fordert ihn auf, ihr zuzuprosten.

»Auf uns!«

Sie stoßen mit den Gläsern an und trinken stehend.

Victor dreht das Sofa um, stellt es auf den angestammten Platz und läßt sich in die Polster fallen. Er trägt kurze Hosen, sein Oberkörper ist frei.

Eine halbe Stunde und zwei Martinis später lallt Elisabeth erheblich. Sie trippelt auf ihren Stöckelschuhen, schwankend, nicht mehr ganz sicher. Sie beißt ständig auf die Spitze eines Zöpfchens ihrer Perücke, was es nicht gerade leichter macht, sie zu verstehen.

Victor ist angeheitert, fröhlich, aber keineswegs betrunken. Als er sieht, wie sie mit einem Ruck ein halbes Glas Martini in sich hineinschüttet, entwendet er ihr behutsam das Getränk.

»Es reicht, Elisabeth, du hast genug …«

Sie steht benommen und schwankend auf und blickt ihn herausfordernd an.

»Wenn ich betrunken wäre, glaubst du, dann könnte ich das hier machen?«

Sie beginnt, sich mit weit ausgestreckten Armen im Kreise zu drehen. Sie stolpert, taumelt. Victor muß sie festhalten.

»Laß uns ins Bett gehen, Elisabeth, du bist viel zu abgefüllt.«

»Du … bist … der … Betrunkene, *my dear* … Schau, ob du das nachmachen kannst …«

Elisabeth versucht, eine Vier darzustellen, Balance halten auf nur einem Bein, das andere auf der Höhe des Knies gekreuzt, mit weit geöffneten Armen, doch sie kippt zur Seite.

Victor lacht laut auf, springt hoch, um es Elisabeth nachzutun, aber sie schiebt ihn aufs Sofa zurück und stürzt sich auf ihn. Sie tut so, als sei sie wütend und würde ihm eine Ohrfeige geben. Doch dann lacht sie auch, beißt und küßt ihn liebevoll, und schließlich fallen beide ineinander verknotet auf den Boden. Dort bleiben sie eine Weile liegen, bis das Lachen ein Ende hat.

Elisabeth setzt sich in den Schneidersitz, nimmt eine Olive von der unteren Etage des Teewagens und sagt:

»Nun schau mir genau zu … Mal sehen, wer hier abgefüllt ist.«

Sie schließt ein Auge, zielt mit einer Olive und versucht, sie in die enge Öffnung einer Vase zu werfen, die etwa fünf Meter vor ihr steht. Zu ihrer eigenen Überraschung gelingt ihr ein Volltreffer.

Elisabeth steht umgehend auf, applaudiert sich selbst, taumelt durchs Zimmer. Sie schreit und johlt, nimmt den kleinen Teller mit Oliven und bietet sie Victor an.

»Jetzt mußt du ran, mein kleiner Betrunkener, mal sehen, ob du das auch schaffst ...«

Victor nimmt eine Olive, scheitert aber beim ersten Versuch. Die Olive rollt auf den Fußboden. Elisabeth lacht.

Victor versucht es ein zweites Mal, ein drittes Mal, aber ohne zu treffen.

Elisabeth ist außer sich vor Spott und macht sich über ihn lustig. Sie pfeift ihn aus, zeigt ihm Hörner und hält sich lachend den Mund zu. Als Victor seine vierte Olive werfen will, imitiert er grotesk die Bewegungen eines Basketballspielers. Nimmt die Olive mit beiden Händen, hält sie vor seinen Oberkörper und legt den Kopf nach hinten. Er atmet tief ein, um sich zu konzentrieren. Während er den Ellenbogen in seine Hand stützt, schleudert er die Olive mit einer Drehung des Handgelenks los.

Wieder scheitert er, und Elisabeth tobt, pfeift, springt hin und her, streckt ihm die Zunge raus und läuft mit angezogenen Knien, wie es die Fans tun, wenn der gegnerischen Mannschaft ein Freiwurf mißlingt.

Bei einem ihrer Sprünge auf ihren hohen Hacken rutscht Elisabeth auf einer Olive aus und fällt mit dem Rücken zu Boden. Eine Zaunspitze des Pflanzenkübels bohrt sich in ihren Nacken, bis tief in die Halswirbel.

Der Tod tritt sofort ein. Elisabeth liegt mit dem Gesicht nach oben. Ihr Kopf im rechten Winkel auf der Brust. Die verrutschte Zöpfchen-Perücke und die dicke Make-Up-Schicht lassen sie wie eine abgelegte Schaufensterpuppe aussehen. Die braune Haut im Schatten einer hohen Pflanze, deren Blätter ihre Stirn berühren, nimmt langsam die dramatisch grünliche Färbung einer Leiche an.

Der Kern der fatalen Olive hat eine sichtbare Spur auf dem gewachsten Parkett hinterlassen.

1996

Drehbuch und Ausstattung für einen Film mit glücklichem Ende

24

Alicia schläft. Das Telefon klingelt mehrmals hintereinander, aber sie wacht davon nicht auf. Das Klingeln endet. Ein Deckenlicht wird eingeschaltet. Alicia hebt den Kopf.

Margarita betritt das Zimmer und nähert sich dem Bett. Sie berührt leicht die Schulter der Schlafenden. Alicia murmelt etwas Unverständliches, öffnet die Augen ein wenig, völlig im Tran.

»Wach auf, Victor ist am Apparat.«

»Was will er denn? Wie spät ist es?«

Margarita deckt die Sprechmuschel zu.

»Es ist erst halb fünf. Komm, geh dran, er sagt, es sei sehr dringend.«

Alicia greift zum Hörer wie ein Roboter.

»Sprich mit mir … Um diese Uhrzeit? Mensch, ich schlafe!«

Alicia stützt sich auf die Ellenbogen, reißt die Augen neugierig auf.

»Deine Frau? … Ist gut. Ich zieh' mich an und komme.«

Sie legt den Hörer auf und merkt, wie Margarita ihre Hände nicht unter Kontrolle bekommt, in Erwartung einer Mitteilung.

Alicia schaut sie mißgelaunt an, mit böser Miene.

»Gibt es Probleme?«

»Anscheinend hat Victors Frau einen Unfall gehabt …«

»Was ist ihr passiert?«

»Er hat's mir nicht gesagt …«
»Und was sollst du dabei?«
»Wo denkst du hin … Wenn er mich um Hilfe bittet …« Ziemlich vergrellt beendet sie das Verhör.
Alicia springt aus dem Bett. Margarita sieht, wie sie mit staksigen Schritten nackt ins Bad eilt.

25

Aschenbecher voller Kippen. Grootes Körper ist mit einem Laken bedeckt. Auf der goldfarbenen Wanduhr stehen die Zeiger auf 5 Uhr 12.

Victor hört, wie sich das automatische Tor öffnet, durchquert den Salon, schaut durch die Lamellen der Jalousie und entdeckt das weiße Cabrio von Alicia, das über den Gartenweg bis zur Garage rollt.

Victor öffnet ihr von innen die Tür. Er hat seinen eigenen Wagen auf dem Rasen geparkt, um Alicia Platz zu machen.

Als sie von der Garage in die Küche gehen, weiht Victor sie ein.

»Etwas Fürchterliches ist geschehen.«

Victor spricht sehr leise.

»Elisabeth?« Auch Alicia flüstert, sie schaut ihn erschrocken an.

»So in etwa.«

Seltsame Antwort ...

Alicia ist noch nie in diesem Haus gewesen.

Sie gehen in den Salon, der fast so groß ist wie die Wohnung nebenan. Als erstes sucht Alicia nach dem Bildschirm. Wo er stehen müßte, sieht man nur lange, rote Gardinen. Den Körper, der auf der anderen Seite des Sofas in der Ecke liegt, hat sie noch nicht bemerkt.

Alicia wendet Victor den Kopf zu.

»Nun laß uns mal Klartext reden, was ist hier los?«

Victor nimmt sie an der Hand, führt sie ans Ende des Sofas und zeigt auf das aufgeblähte Laken.

Alicia bleibt stehen, die Hand schnellt vor den Mund, ein kleiner Schrei entfährt ihr. Victor zieht das Laken weg. Im Nacken der Toten steckt die Lanzenspitze, die vom Zaun des Blumenkübels stammt, darüber wie ein Fächer die Zöpfchen der Perücke auf dem Boden.

»Eine Mulattin? Ist sie tot?«

Victor nickt.

Alicia spürt, wie ein Pochen an ihren Schläfen einsetzt.

Zwischen den geöffneten Beinen der Leiche zeigt Victor ihr die Spur, die sie das Leben kostete. Zwei Meter weiter, mitten im Zimmer, eine zermantschte Olive und noch eine, beide auf dem Parkett.

»Ist sie auf dieser Olive ausgerutscht?«

Victor nickt wieder.

Sie schaut überrascht die Leiche an: »Ist Elisabeth etwa eine Mulattin gewesen?«

Victor zündet zwei Zigaretten an. Er reicht Alicia eine davon. Es dauert eine Weile, bis sie danach greift. Dann zieht sie gierig den Rauch ein und inhaliert tief. Victor macht ein paar Schritte zum Fenster hin, will ihr Zeit lassen, um sich zu fassen. Er stützt sich mit den Ellenbogen auf die hohe Rückenlehne eines Stuhls, als wolle er sich verschanzen. Aus dieser Entfernung gibt er die schwierigste aller Erklärungen ab.

»Elisabeth ist ein Mann«, sagt er, ohne sie anzublicken.

»Was?!!!«

»Manchmal, ließ ich mich … lieben …«

Elisabeth, eine Mulattin, die Mulattin ist ein Mann, also Victor der Liebhaber eines Mannes … Angesichts dieser Kette von Überraschungen kraust Alicia die Stirn, lächelt mitleidsvoll und blickt Victor an. Sie schürzt die

Lippen, hebt einen Finger, will etwas sagen, bringt aber keinen Ton heraus. Den Kopf zwischen den Händen, als müsse sie die verwirrten Gefühle zurechtrücken. Sie wendet sich ab und starrt auf die Leiche.

»Das bedeutet also, deine Frau ... Elisabeth?«

»Elisabeth hat es nie gegeben.«

Sie blickt ihn an. Ihre Augen verraten Erstaunen, Mißtrauen, Angst.

Doch die Überraschungen sind noch nicht zu Ende.

»Das da ist Hendryck Groote.«

Alicia seufzt ein »Ach« wie ein unterdrückter Atmer.

»Dein B ... Boss?«

Viktor stimmt nicht einmal zu. Er irrt wie ein Schiffbrüchiger umher, streicht mit der Hand über sein Haar.

Angesichts dieser Lawine an Neuigkeiten, die Victor ihr in kurzer Zeit überbracht hat, schaut sie ihn an, als handele es sich um einen Fremden. Wer ist dieser Typ wirklich? Und was hat sie dort zu suchen? Neben ihm? Sag mir, mit wem du gehst ... Der dunkle Spruch blinkt wie ein Menetekel in ihrem Hirn.

Sie läßt sich auf eine *bergère* fallen und schließt die Augen.

»Willst du keine Hilfe holen?«

»Deswegen habe ich dich angerufen.«

»Warum gerade mich?« Erneut wirft sie sich vor, in Gesellschaft eines solchen Typen zu sein.

»Wenn sie mit den Untersuchungen beginnen, werden sie gewiß den Bildschirm zwischen den beiden Wohnungen entdecken. Das gibt einen ungeheuren Skandal, in den auch du verwickelt sein wirst. Wenn sie dich verhören ...«

Ich darin verwickelt? Will er mich etwa anzeigen,

erpressen …? Bloß ruhig bleiben jetzt, erstmal rauskriegen, was er vorhat …

Sie preßt die Lippen aufeinander und tut so, als sei sie gar nicht gemeint. Alicia versucht eilig ihre Gedanken zu ordnen, verzweifelt. Aber die Angst wird größer. Ihr Instinkt sagt ihr, du darfst dein Erschrecken nicht zeigen.

Alicia atmet tief ein, zwingt sich, die Leiche genauer zu betrachten, beugt sich hinunter, will Victor den Eindruck vermitteln, wie überrascht sie ist.

»Glaubst du wirklich, daß sie dich verdächtigen werden?«

Der Tonfall verrät ihre Angst tatsächlich nicht.

»Keineswegs. Die Kriminalexperten werden feststellen können, daß meine Aussage der Wahrheit entspricht, es war eindeutig ein Ausrutscher. Ich habe daran keinerlei Schuld …«

»Hast du mit vielen Männern geschlafen?«

»Mit zwei oder drei … Du mußt bedenken, daß ich fünf Jahre gesessen habe …«

Jeder Satz Victors enthält weitere Neuigkeiten. So ist das also, ihr Chef, ein großartiger Kerl, ein ehemaliger Knacki, verdammte Scheiße …

Während Alicia mit offenem Mund dasteht, um diese Neuigkeit zu fassen, setzt sich Victor auf einen Hocker, die Beine auf einem niedrigen Tisch ausgestreckt.

»Ich habe dich angerufen, weil dieser Tote uns beide angeht.«

Sie schaut ihn ungerührt an. Alicia spürt, daß sie ihre Fassung zurückgewinnt und macht sich auf das gefaßt, was nun kommen muß.

Als Liebespaar seien Rieks und er schon seit drei Jahren heimlich zusammen. Rieks habe Ehefrau und Kinder, seine Mutter und drei Brüder, alle stinkreich ... Bis zu diesem Augenblick habe er als Angestellter ein Gehalt bezogen, doch in ein paar Monaten wolle das Unternehmen mit ihm einen Vertrag abschließen, in dem ihm anderthalb Millionen per annum zugestanden werde. Das sei jetzt vorbei. Mit dem toten Rieks könne er das alles vergessen. Er stehe mit leeren Händen da. Es sei fast sicher anzunehmen, daß sein Galeonen-Projekt ganz gestrichen werde, ja, er könne sogar ohne weiteres gekündigt werden.

»Wieso das denn?«

»Wegen der Opposition in der Familie. Eine ziemlich lange Geschichte, aber jetzt ist nicht der richtige Moment, dir das alles zu erklären ...«

Victor steht auf und verläßt langsam das Zimmer. Alicia starrt ihm nach. Sie hat sich vorgenommen abzuwarten.

Aufgrund des einschmeichelnden Tons und der ausführlichen Rückblende ahnt sie, daß noch weitere Neuigkeiten auf sie warten.

Schließlich, nach einer langen Pause bückt sich Victor, um die Leiche wieder abzudecken. Dann sagt er voller Boshaftigkeit: »Mit dieser Leiche kann man ohne weiteres drei Millionen Dollar Gewinn machen.«

Alicia schaut ihn voller Skepsis an. Ihre Angst weicht einem ansteigenden Interesse.

Sie lächelt.

»Mann ... hab ich richtig gehört, sagtest du drei Millionen Eier ...?«

»Ganz gleich, was wir verlangen, seine Familie wird zahlen. Aber natürlich nur, wenn du mitmachst ...«

»Drei Millionen für eine Leiche?«

»Es ist ganz einfach, ohne jedes Risiko ... Nicht mehr

jedenfalls als das Risiko, das wir eingehen, wenn wir jeden Tag auf die Straße gehen ... Aber ich brauch' einen Partner, und nur du kannst mir helfen.«

»Und was springt für mich dabei raus?«

»Was dir zusteht, fifty fifty. Anderthalb Millionen für jeden. Damit können wir uns für immer freikaufen.«

Sie fixiert ihn.

»Wenn es nicht klappt, mußt du wieder in die Pedale und deinen Arsch auf der Straße schwenken ... adieu Luxuskarosse, adieu die dreitausend Dollar monatlich. Ohne ausdrückliche Anweisung von Rieks kann ich dir das nicht bieten ... Die Firma wird mir alles wegnehmen.«

Alicia seufzt kurz auf, wie Kinder nach dem Heulen. Sie beginnt die Ausmaße des Desasters zu erahnen. Wieder taxiert sie Victor. Sie weiß nicht, was sie von ihm halten soll. Ihre Wahrnehmung, ihre Menschenkenntnis und die Abfolge der letzten Ereignisse sagen ihr, daß Victor nicht der Mörder sein kann. Es wäre absurd zu denken, daß er ihn getötet hat, um mit der Leiche Geld abzuzocken. Es macht nur Sinn, ihn zu töten, nachdem er sein Geld kassiert hat. Warum sollte er sie als Komplizin nehmen? Nein, nein, das war völlig ausgeschlossen. Victor mag ein Schlitzohr sein, ein Zyniker, ein unmoralischer Typ, aber auf keinen Fall ein Mörder oder ein Psychopath, der so einen Plan ausheckt.

»Und wenn ich deinen Vorschlag ablehne?«

»Ohne deine Hilfe kann ich nichts machen. Ich könnte kein Lösegeld kassieren.«

»Was würdest du sonst unternehmen?«

»Die Polizei anrufen, mich tagelang Verdächtigungen aussetzen, den Verhören stellen und so weiter, und so weiter, bis alles aufgeklärt ist. Diese Leiche bringt mich nicht aus der Fassung, ich habe überhaupt nichts zu befürchten. Unangenehm ist nur, wenn sie bei der Hausdurchsuchung herausfinden, was hier alles getrieben wurde.«

»Was meinst du damit … genau?«

Wieder schaut Alicia auf die feste, rote Gardine, die die Trennwand völlig verdeckt, vom Fußboden bis zur Decke.

Als würde er ihre Gedanken erraten, reißt Victor die Gardinen zurück, holt aus einer Schublade einen Schlüssel und öffnet die Flügeltüren des Schranks.

»Das hier alles«, er macht eine große Geste, »der Bildschirm zwischen den beiden Wohnungen …«

Alicia bestaunt das Wohnzimmer mit dem Wasserbrunnen. Immer noch grinst der Faun, dessen Phallus zur Decke gerichtet ist …

»Wenn sie mich verhören, wird unweigerlich auch die Rede von dir sein. Deswegen habe ich dich angerufen, damit du mir hilfst nachzudenken.«

»Genau das tun wir doch, oder … Und was ist die Alternative für dich?«

»Mich in den Wagen setzen und mit zweihundert Stundenkilometern gegen einen bekackten Baum brettern.«

Sie betrachtet ihn nachdenklich.

»Hast du für Rieks was empfunden?«

»Ja, Dankbarkeit, Sympathie … Er war ein wirklicher Freund, er hat sich in mich verliebt.«

»Guten Geschmack hat er. Hat man in der Firma was davon gewußt?«

»Bis jetzt nicht. Aber wenn ich die Leiche nicht verschwinden lasse, werden sie es morgen schon wissen.«

»Wieso werden sie es denn so schnell erfahren?«

»Das ist doch ganz einfach; was für eine Sauerei hat er hier mit mir veranstaltet, verkleidet als Mulattin, mit dieser Scheiß-Perücke und mein Sperma in ihm drin ...«

»Leuchtet mir ein«, gibt Alicia zu.

Victors offene Haltung flößt ihr Vertrauen ein, sie fühlt sich sichtlich besser. Alicia spürt Interesse für den Vorschlag der Entführung aufkommen.

Victor schluchzt auf und bedeckt seine Augen.

Sie geht auf ihn zu und streichelt ihm den Nacken, setzt sich neben ihn, ohne damit aufzuhören. Alicia wartet, bis er sich wieder gefaßt hat.

»Das Problem trifft uns beide«, sagt er, während er mit dem Handrücken seine Wangen trocknet. »Deswegen müssen wir die Entscheidung zusammen treffen.«

Alicia überdenkt das Ausmaß des Skandals noch einmal.

»Ich fühle mich hier unwohl«, sagt sie, nachdem sie aufgestanden ist. »Warum gehen wir nicht nach nebenan?«

»Hast du die Schlüssel für die Hintertür?«

Sie holt ihre Tasche vom Tisch, nimmt den Schlüsselbund und zeigt ihn vor.

Gemeinsam gehen sie in den Hof. Die letzten Sterne der Morgendämmerung verblassen gegen Westen. Von weither erreicht sie die Musik eines *danzón,* und vom Ende des Gartens weht der Geruch der reifen Guanába-Bäume.

Victor schiebt den Riegel der kleinen Eisentür zurück, die beide Hinterhöfe voneinander trennt, und sie begeben sich in den anderen Wohnungskomplex. Nachdem sie den Pool passiert haben, öffnet Alicia mit einem zweiten Schlüssel die gläserne Schiebetür.

»Ich habe Durst. Ich hole mir eine Erfrischung, willst du etwas?«

»Für mich lieber ein Bier.«

Während sie in der Küche verschwindet, nimmt er den Faun vom Boden auf und stellt ihn hin. Er muß lächeln. Das Grinsen des Fauns ist ansteckend.

»Hat dir das gestrige Spektakel gefallen?«

»Absolut genial ...«

»Das ist Schnee von gestern.« Alicia reicht ihm ein Bier. *Nevermore ...*

»Zurück zu unseren Geschäften.«

Sie nimmt einen Schluck Cola, legt einen Notizblock und einen Stift auf den Tisch, als würde es sich um einen geschäftlichen Termin handeln.

»Erklär mir alles noch mal der Reihe nach.« Sie zieht einen Strich auf dem Notizblock.

Um 7 Uhr 15 beendet Victor seine Ausführungen.

Alicia ist so gut wie überzeugt.

Der Plan, die Leiche loszuwerden, bietet kaum Schwierigkeiten. Nun gut, es müßte schon etwas ziemlich Unwahrscheinliches passieren, aber davon abgesehen scheint alles, was Victor vorschlägt, durchaus machbar zu sein. Der komplizierteste Punkt ist die Übergabe des Lösegeldes. Doch so wie Victor sich das ausgedacht hat, der alles, was die Grootes entscheiden werden, von vorneherein bedacht hat, kann ihr unmöglich eine größere Gefahr drohen.

Victor unterbricht sich, um zur Toilette zu gehen. Alicia nutzt die Pause, um die Beine auf dem Rasen auszustrecken. Sie öffnet den Wasserhahn, der sich neben der Garage befindet, und befeuchtet sich Nacken und Schläfen.

Bei Victors Rückkehr faltet sie die beiden Zettel, die sie bekritzelt hat, steckt sie in ihre Jeanstasche und nimmt den Schlüsselbund.

»Um eine Entscheidung zu treffen, muß ich alleine sein«, sagt sie und begibt sich zum Ausgang. »Wenn du willst, kannst du hier auf mich warten. Ich werde bald zurückkehren, um dir meine Antwort mitzuteilen.«

»Wohin willst du?«

»Irgendwohin. Schau auf die Uhr, warte auf mich, ich bin bestimmt vor zehn zurück.«

Victor bleibt stumm. Er verabschiedet sie mit einem resignierten Schulterzucken, dann gähnt er ausgiebig.

»Ich versuche, in der Zwischenzeit etwas Schlaf zu kriegen.«

In der *Avenida Quinta* wird Alicia am Steuer ihres Cabrio ihre Lage klar. Dieser verdammte Zufall, auf einer Olive auszurutschen, vermasselt ihre Pläne. Alles ruiniert, verdammt noch mal. Ohne das Geld, das sie für ihre Shows kriegt, und ohne den Wagen wird sie ihren Lebensstandard nicht halten können. Von den fünfzehntausend Eiern, die sie bislang verdient hat, sind bereits mehr als zehntausend für schicke Kleider und strategische Bewirtungen ihrer Heiratskandidaten ausgegeben. Ihre Reserve wird sie nicht mehr in ihre eigene Werbung investieren können. Das erschwert ihre Lage und läßt alles ins Stocken geraten. Sie hatte gerade angefangen, die Spur der Millionenerben zu erschnuppern, und plötzlich bekommt die Beute Flügel und hebt ab. Ob sie sich jetzt auf eins der Angebote einlassen soll? Nach Madrid ziehen, nach Mailand oder Buenos Aires?

Bevor sie zu Hause ankommt, stoppt sie am Park von *Quinta* und *Veintiséis* und zündet sich eine Zigarette an.

Mist, der Tod des Holländers ist eine verdammte Sauerei! Wenn die Sache auffliegt, werden sämtliche Ausländer in Havanna davon Wind bekommen. Wie lange wird es dauern, bis alles über ihre Shows, die sie bei Groote veranstaltet hat, überall rumgetratscht würde? Ihr Name ist bald in aller Munde. Von Firma zu Firma, von Disco zu Disco, von Nutte zu Nutte. Damaso, Otto, Alberto, Enzo, Yves, alle würden davon erfahren. Und dann, Europa ade, ciao, Buenos Aires. Wieder aufs Rad steigen? Klar, aber mit diesem Makel kann sie nie wieder ihr Image als junge und ehrenwerte Dame zurückerlangen. Wer würde ihr als bezahlte Pornohure für Voyeure schon einen Heiratsantrag machen? Das einzige, was ihr übrigbleibt, ist, wie die anderen Stricherinnen zu arbeiten, ohne Schmus und ohne Maske. Scheiße! Ausgerechnet dann, wenn alles so blendend läuft. Warum mußte diese beschissene Schwuchtel gerade jetzt ausrutschen?

Was Victor vorschlägt, hat wirklich Hand und Fuß. Nach drei Jahren dieses Lebens will er nicht ohne alles dastehen. An seiner Stelle würde sie sich auch die Kugel geben, wenn, ja wenn ihre Mutter nicht da wäre …

Fast sorglos und ohne Verdacht zu schöpfen, nimmt Margarita den Tod von Elisabeth auf. Die Tatsache, daß es sich bei Elisabeth um einen Mann handelte, verursacht bei ihr ein heftiges Würgen. Am Ende informiert Alicia sie über Victors Plan.

Der erschüttert sie allerdings doch. Für einige Augenblicke starrt sie an die Wand. Sie ist sichtlich konsterniert und traut sich nicht, ihre Tochter anzuschauen.

Um ihr Zeit zum Nachdenken zu geben, geht Alicia in die Küche und holt sich eine Erfrischung.

»Und du, hast du dich schon entschlossen?« fragt

Margarita sie vom Wohnzimmer aus, ohne den Blick von der Wand zu nehmen.

»Ja, nur in einer Sache«, preßt Alicia hervor, die Augen fast geschlossen, »ich will niemals mehr im Leben in die Pedale steigen.«

Ob das dreimalige Nicken Margaritas diese Entscheidung befürwortet, kann Alicia nicht erkennen. Was sie jedoch sehr wohl weiß, ist, daß ihre Mutter eine realistische Frau ist, überaus praktisch und überhaupt nicht ängstlich. Zu keiner Zeit bezweifelt Alicia, daß ihre Mutter jede ihrer Entscheidungen mittragen wird. Sie kann sich allerdings nicht vorstellen, daß ihre Mutter dies sogar ohne jegliche Diskussion tun würde.

»Wenn die Familie Rieks anbetet und Victor als *insider* ständig auf dem laufenden ist, dann glaube ich nicht, daß du ein großes Risiko eingehst«, kommentiert Margarita, als sei das alles ganz selbstverständlich.

So schnell, wundert sich Alicia, soll das heißen, daß ihre Mami sie sogar noch ermuntert, den Stier bei den Hörnern zu packen.

»Das größte Problem ist Victor selbst. Ein Verbrecher, ein ehemaliger Sträfling. Wer hätte das gedacht? Und was geschieht, wenn ich ihm jetzt helfe und er dann alles an sich reißt?«

»Das ist absurd. So etwas kommt nur bei den idiotischen Verbrechern auf der Leinwand vor. Victor ist doch ein ganz anderes Kaliber.«

»Und wenn er mich später umbringt, um mich loszuwerden? Wenn wir das Lösegeld eingesackt haben, bin auch ich anderthalb Millionen wert.«

»Du phantasierst, mein Kind, das sind dumme Spinnereien! Er muß doch davon ausgehen, daß ich ihn sofort verdächtige, falls du verschwinden solltest, und ihm umgehend die Polizei auf den Pelz jagen werde. Er müßte uns schon beide erledigen. Das ist viel zu umständlich und auch zu risikoreich.«

Alicia hört ihr schweigend zu, dann nickt sie.

»Und noch was ... Hast du mir nicht erzählt, daß man klar und deutlich die Spur des Ausrutschers sehen kann? Du glaubst doch nicht im Ernst, daß jemand, der noch ganz bei Trost ist, eine Entführung plant, dann sein Opfer umbringt und sich anschließend einen Komplizen sucht, um mit dessen Hilfe ans Lösegeld zu kommen. Eins steht fest, Victor ist weder ein Mörder noch ein Trottel. Was mir jedoch nicht behagt, ist, daß er eine schwule Sau sein soll ...« Sie verzieht angewidert das Gesicht.

»Zieh nicht so eine Schnute, altes Mädchen. So schlimm ist das auch wieder nicht. Er hat doch keine Lepra. In diesem Leben kämpft man mit den Mitteln, die einem Gott zur Verfügung gestellt hat ...«

»Klar, jeder nach seinen Bedürfnissen und der Qualität seiner Instrumente ... Heißt es nicht so?«

Alicia muß lachen.

»Erzähl nicht so einen Unsinn, Mami, von Marxismus hast du nie etwas verstanden ...«

Daß Margarita so gefaßt die neue Lage akzeptiert hat, ist entscheidend gewesen. Es war der kleine Schubs, den Alicia noch brauchte.

Während sie nach Siboney zurückfährt, denkt sie an die Herzenswärme und die ungebrochene Solidarität, die ihre Mutter ihr immer entgegengebracht hat. Ihre Mami ist eine echte Freundin! Der ideale Partner in schwierigen Zeiten. Mit Tränen in den Augen verspricht sie, daß sie sich niemals von ihr trennen will.

Also nur Mut. Die Würfel sind gefallen. Bei diesem Job wird sie anderthalb Millionen Eier absahnen. So eine Chance kommt in jedem Leben nur ein einziges Mal ... Es wäre ziemlich blöde, da nicht zuzupacken ...

Es gibt zwei besonders wichtige Grundsätze, die zu beachten sind: Lieber tot, als im Mittelmaß ersaufen. Und der zweite, noch wichtigere: auf der Welt ist kein Platz für feige Arschlöcher. So wie ihr galizischer Großvater immer sagte: Wer Fisch essen will, muß sich den Hintern naßmachen.

Als sie nach Siboney zurückkehrt, erwartet sie Victor ungeduldig. Er konnte nicht schlafen.

Er hat bereits die Tür geöffnet, läßt sie eintreten, setzt sich auf einen Hocker, um zu erfahren, was sie zu sagen hat.

»Und nun?« fragt er, ohne sie anzuschauen, mit einem infantilen Ton in der Stimme.

Sie zündet sich eine Zigarette an, legt ihre Tasche auf den Tisch und bleibt vor ihm stehen.

»Wie kann ich wissen, ob dieser Typ da einen Unfall hat oder ob du ihn getötet hast?«

Victor will aufstehen.

»Was fällt dir ein ...«

Alicia duldet keinen Widerspruch und drückt ihn sanft auf den Hocker zurück.

»Jetzt bin ich dran, mein Junge. Hör mir genau zu und unterbrich mich nicht!«

Alicia hält inne. Nun zündet sich Victor eine Zigarette an.

»Ich kenne dich doch gar nicht, Victor. Ich weiß nur, daß du mir einen Haufen Lügen aufgetischt hast ... Erst läßt du mich glauben, daß du dich für mich interessierst und gaukelst mir eine gemeinsame Zukunft vor. Dann erfahre ich, daß du ein Voyeur bist und daß du mich für diese Shows mit Elisabeth anheuern willst. Jetzt stellt sich heraus, daß du in Haft warst, daß es Elisabeth gar nicht gibt und daß du, nachdem du drei Jahre mit deinem Chef gebumst hast, mit dieser angeblichen Entführung drei Millionen einsacken willst. Was soll ich von dir denken, Victor?«

Sie hält wieder inne und macht ein paar Schritte zum Gartenfenster, lehnt sich an die Wand und schaut Victor an.

»Was deinen Plan betrifft, du verheimlichst mir doch ganz sicher irgendwas ...«

»Du hast kein Recht ...«

»Ich habe alles Recht der Welt«, schreit sie unbeherrscht, »halt die Klappe, verdammt.«

Victor schüttelt unwillig den Kopf, doch dann zieht er die Schultern ein und fügt sich.

Während sie versucht, ihre Ideen zu ordnen, pustet sie eine lange Rauchfahne aus.

»Aber irgend etwas sagt mir, daß du kein Mörder bist und daß du mich wirklich brauchst. Ich habe überhaupt keine Lust, wieder in meine frühere beschissene Situation zurückzukehren und deswegen stimme ich deinen Plänen zu. Was soll's? Ich bin zu allem bereit. Aber komm ja nicht auf die Idee, mich zu übervorteilen, das wird dir schlecht bekommen. Ich hab' schon meine Vorkehrungen getroffen ...«

»Ausgezeichnet. Ich sehe, du hast es kapiert. Ich hatte nichts anderes erwartet. Weder du noch ich haben eine Alternative. Es ist keine Zeit zu verlieren. Ich muß dir das Vorgehen erklären.«

»Nein, jetzt erklärst du mir gar nichts. Sag mir nur,

was zu tun ist, um diese Leiche verschwinden zu lassen. Ihr Anblick macht mich fertig.«

Victor geht zu seinem Computer und beginnt zu lesen.

»OK. Das ist das erste, was wir tun müssen. Aber sofort danach müssen wir einige Sachen besorgen, die ich hier aufgelistet habe.«

26

Right now
Wagenheber
Zentimetermaß
Gummihandschuhe
große Handtücher
Grillplane
Alkohol
weite Jeans
Schere
Elektrokabel
Pinzette
Perücke
Sonnenbrille
Dollarscheine
Heftpflaster
Medizin und trinkbare Flüssigkeit
Nadel, Faden
Dreieckstuch
Weites Kleid
Haarnadeln
Sandalen
Gürtel (aus der Tasche von A.)

Don't forget
Ring
Schubkarrenspuren
Computerlisten löschen
Ausdrucke verbrennen

Kleider verbrennen
Asche verstreuen
Die Uhr von V. verschwinden lassen
hidden text löschen (A)
Putzfrau, Garten, *freezer*

Next days
ACTIONS

Hotel aussuchen (V)
Versteck suchen oder anlegen für den Text Nr.3, in der Nähe des ausgewählten Hotels (V)
geeignetes Zimmer mit zu öffnendem Fenster reservieren (A)
Texte für den Koffer entwerfen, BIB (?) und Versteck (V)
Übungen, die Stimme zu verstellen (A)

MATERIALS

geeigneter Koffer (beschafft Alicia und läßt ihn in Miramar = AM)
Kohlepapier (AM)
Schwarzer Filzstift mit breiter Spitze (AM)
eine Tube rote Farbe (AM)
großer Koffer (AM)
Kette (AM)
Schraubenzieher (V)
Schrauben (V)
Ausrüstung für Tiefsee-Angeln (A)
Stützröhre (A)
Klebestift (AM)
extrastarker Haken (VM)
Fernglas (VM)

Badeschwämme (Finca, A)
Seilrolle (Finca, V)
Kordelrolle (Finca, V)
dickes Nylonseil (Finca, V)

Zwischen 10 Uhr 20 und 11 Uhr 30 gehen sie das Drehbuch Punkt für Punkt durch, um festzulegen, was sie an diesen Tagen zu erledigen haben. Dazu ein provisorisches Schema, das sie aber noch perfektionieren wollen. Als sie alles durchgesprochen haben, behalten sie nur die Liste mit den *materials.*

Sie gehen die Sache an, als wollten sie einen Film drehen. Wie alle guten Drehbuchautoren haben sie mit dem Schluß begonnen. Unter allen Umständen planen sie einen Film mit gutem Ausgang.

Alicias Tiefkühltruhe steht auf einem Eisengestell mit vier kleinen Rädern. Aus dem Cabrio holt sie den Wagenheber, aber er paßt nicht unter das Gestell. Victor besorgt seinen hydraulischen deutschen Wagenheber, der die Form einer Schaufel hat. Mit diesem geht es. Der erste Punkt ist erledigt.

Als zweites muß der *freezer* ausgemessen werden. Im Schuppen findet sich in einem Werkzeugkasten das Zentimetermaß eines Tischlers. Alicias Tiefkühltruhe mißt 140 mal 70 Zentimeter, 90 Zentimeter hoch. Victor schätzt die Innenmaße auf jeweils 10 Zentimeter weniger.

Danach stellen sie den *freezer* so, daß er vom Wohnzimmer aus, selbst bei geöffneter Küchentür, nicht zu entdecken ist.

Im Haus vermessen sie die Leiche. Länge: 164 Zentimeter, von den Kniekehlen bis zu den Fersen: 43 Zentimeter. Die Leiche paßt also da rein. Alicia hakt den Punkt auf der Liste ab.

»Wie geht es im Drehbuch weiter?« fragt Victor.

Alicia schaut in ihre Liste.

»Gummihandschuhe anziehen.«

»Also gut, *action!*« ruft Victor einer imaginären Kamera zu.

»Erste Klappe«, ruft sie wie ein Scriptgirl.

Beide versuchen, das widerliche Geschehen mit schwarzem Humor zu überspielen. Sie lächeln sich zum erstenmal an. Sie küßt seinen Hals, er streichelt ihren Po. Die Leiche bringt sie dazu, sich zu umarmen, Wärme, Blut und Lebenskraft in ihren Körpern zu spüren.

Alicia findet in der Küche mehrere Gummihandschuhe. Sie zieht sich ein Paar über und hilft Victor dabei, seine überzustülpen, weil er sich so umständlich anstellt.

Victor betritt den Schuppen auf dem Hof. Mit der Schubkarre des Gärtners kehrt er zurück und schiebt sie ins Wohnzimmer. Sie laden die Leiche, mit Perücke und Make-up, in zwei große Handtücher gewickelt, auf. Victor fährt die Karre weg. Alicia folgt ihm. Sie observiert die Umgebung, obwohl sie weiß, daß niemand sie sehen kann. Es könnte sie nur jemand entdecken, der auf einer Königspalme am Rand der Schnellstraße säße. Aber um etwas mitzukriegen, müßte er schon ein Fernglas haben. Die Leute, die aus einem zweihundert Meter entfernten dreistöckigen Gebäude herüberschauen wollten, sind durch eine acht Meter lange Mauer daran gehindert, die Rieks beim Bau der Squash-Anlage vor einem Jahr errichten ließ.

Niemand kann sie hier beobachten.

»Für den Fall, daß wir von einem russischen Satelliten aus gesehen werden«, scherzt Victor während des Leichentransports, »werden wir sie gut abdecken.«

Rieks Leichnam, der wie eine Mulattin angemalt ist, ekelt ihn an. Er hat keine Schuld an seinem Tod. Seitdem er ihn wie ein Bündel transportiert, fühlt er sich unwohl. Er muß sich immer vorbeten, daß ihn keine Schuld treffe, daß er nicht schwach werden oder jetzt gar aufgeben dürfe und daß er kein elender Aasgeier ist. Er klammert sich daran, daß er so handelt, wie das Schicksal es ihm aufgetragen hat.

Victor ist beeindruckt, wie entschieden und gelassen Alicia handelt. Bevor sie die Leiche ins andere Haus fahren, bleibt Victor in der Nähe des Grills stehen und zieht die Plane des Sonnenschutzes herunter. Sie stinkt nach Ruß, ist aber sauber. Er geht in den Schuppen, holt einen Sack mit Grillkohle und eine Flasche Sprit heraus. Alicia harkt etwas Laub zusammen. Victor entleert den halben Sack Kohle, über die er die ganze Flasche Sprit gießt. Als hohe Flammen auflodern, schaffen sie die Leiche ins Haus.

Er fährt die Schubkarre bis ins Wohnzimmer. Alicia nimmt die großen Handtücher von der Leiche und breitet sie auf dem Fußboden aus. Victor reißt die Schubkarre an den Handgriffen hoch, Alicia packt die Leiche an den Fesseln. Respektvoll legen sie den Körper auf den Boden.

Danach nehmen sie aus Alicias *freezer* fünf Behälter mit Eiswürfeln heraus, mehrere Packungen Camembert, ein halbes Dutzend Hühner, zwei Plastiksäcke mit Garnelen, ein Eisbein, Wurstwaren, Plastikbehälter mit Fleisch, Rinderhirn, Hummerschwänzen, Kisten mit Miesmuscheln, Austern und anderen Meeresfrüchten. Am Boden des Fachs sind im Eis zwei große Weißfische festgepappt und zusammengelegte Ringe mit kleineren Fischchen.

»Die Uhr«, sagt Victor und verläßt die Küche.

Als Alicia versucht, die Tür ihres Kühlschranks zu schließen, gelingt es ihr nicht. Sie sortiert die Lebensmittel um, dann schafft sie es, ihn zuzumachen. Das Eisfach ist bis oben hin voll. Auf dem Tisch liegen noch einige Stücke Käse, Schachteln mit Krabben und Flaschen, die nicht mehr hineinpassen. Victor kommt barfuß herein, in Unterhosen, sein Haar ist naß und verstrubbelt. Er zieht einen Wecker auf.

»Nimm all das Zeug hier heute noch mit zu dir nach Hause.«

Victor stellt den Wecker auf eine bestimmte Uhrzeit.

»Was machst du?«

Victor fummelt an dem Wecker, der sich vor seinem Bauchnabel befindet.

»Wir dürfen nicht vergessen, dem Dienstmädchen Bescheid zu sagen, daß sie ab morgen in Urlaub gehen kann.«

Die weiße Hand mit dem Smaragdring greift begierig zwischen seine Beine.

Alicia steht neben ihm, stöhnt ein wenig und beißt ihn leicht in die Brust.

»Wie seltsam! Seit ich weiß, daß dir Männer gefallen, macht mich das an.«

»Nicht immer, nur manchmal ...«

Auch er beginnt zu stöhnen und ihren Hals zu liebkosen. Sie zieht den BH aus. Er küßt ihre Brüste. Dann faßt er sie um die Taille und hebt sie hoch.

»Komm!«

Alicia stürzt sich über ihn, wirft ihn auf den Boden, küßt ihn am ganzen Körper und besteigt ihn schließlich.

»Du Lügner! Du Schwuchtel!« Sie schüttelt Victor heftig. »Warum gefallen mir ausgerechnet immer die

Hurensöhne? Warum kann ich mich nicht mal in anständige Männer verlieben?«

Nach dem Intermezzo entkleiden sie die Leiche und entfernen die Zöpfchen-Perücke. Das Parfüm von Rieks ist jetzt sehr stark zu riechen. Der tote Körper wiegt schwerer, als sie sich das vorgestellt haben. Zweimal scheitern sie bei dem Versuch, ihn hochzuheben. Er rutscht ihnen weg. Beide können sich nicht überwinden, die Leiche fest anzupacken. Schließlich will Victor es anders versuchen.

»Hol mir ein Seil.«

Alicia bringt aus dem überdachten kleinen Hof neben der Garage ein Nylonseil, auf dem die Küchentücher zum Trocknen hängen. Victor wickelt das Seil doppelt um die Taille von Rieks. Während Alicia beide Füße anhebt, zieht Victor die Leiche kräftig an dem Trageseil hoch. Der Kopf schleift über den Boden, während die Füße nach oben gerichtet sind. Als sie endlich geschafft haben, die Kniekehlen am Rand der Tiefkühltruhe einzuhaken, springt Alicia auf den Deckel und hält ihn fest, damit der Körper nicht wieder zurückrutscht. Nun kann Victor die Leiche besser unter den Achseln anheben und sie in eine Position bringen, als sitze sie auf dem Rand der Truhe. Alicia steht auf und hebt den Deckel hoch, während Victor die Leiche über den Rand schiebt. Sie fällt ohne Probleme in den *freezer.* Sie binden das Seil von der Taille und entfernen den Ehering, drehen den Körper auf die Seite, die Beine nach hinten zusammengepreßt, den Kopf auf die Brust gezwängt. Sie decken die Leiche mit der Plane zu, schütten die Eiswürfel und die anderen Lebensmittel darüber. Der *freezer* ist vollständig ausgefüllt.

Um 12 Uhr 25 verwischen sie sorgfältig die Spuren der Schubkarre in beiden Wohnzimmern, verbrennen im Grillfeuer die Blätter mit ihren Notizen, die erledigt sind, das Kleid von Rieks, sowie das Seil, mit dem sie ihn festgebunden haben.

Victor behält den Ring. In einem Schrank sucht er nach weiten, schwarzen Jeans. Er probiert, seinen Kopf in ein Hosenbein zu stecken. Er paßt bequem hinein. Alicia schneidet ein Stück des Hosenbeins zwischen Hüfte und Knie ab. Den abgeschnittenen Teil bewahrt sie auf, den Rest wirft sie ins Feuer. In ihrem Notizbuch hakt sie etwas ab.

Um 14 Uhr 20 sitzen sie wieder zusammen, um die nächsten Schritte zu planen.

Bis 15 Uhr 55 sind den ganzen Plan nochmals durchgegangen, Punkt für Punkt. Alle Einzelheiten erwogen, Zeiten und Orte.

»Was kommt jetzt dran?« fragt Victor.

Sie schaut in ihr Notizbuch.

»Die Verletzung an der Stirn herstellen«, preßt Alicia unwillig hervor.

Victor geht in die Garage und kommt mit einem Stück Brennholz zurück, das er Alicia reicht.

»Schlag hiermit zu, schau genau hin, an diese Stelle, ein fester Hieb«, er zeigt auf eine Seite seiner Stirn. »Du mußt genau zielen, nicht, daß du meine Nase triffst ...«

Um ihn zu schlagen, schließt Alicia die Augen, aber sie trifft trotzdem genau die Stelle, die er bezeichnet hat.

Sofort schwillt die Wunde an und beginnt dunkel zu werden.

Victor zieht mit einem Messer die Gummihülle eines Elektrokabels ab. Alicia streift seine Handschuhe ein wenig herunter und fesselt die Handgelenke mit dem feinen Kupferdraht. Sie dreht den Draht zusammen, erst mit den Händen, dann mit einer Pinzette, bis Victor den Schmerz kaum noch ertragen kann. Sie warten fünf Minuten. Dann befreit ihn Alicia. An den Handgelenken ist eine sichtbar dunkelrote Spur zu erkennen, sowie etwas Blut an der aufgeplatzten Haut an der Innenseite der Gelenke.

»Wir sind schon fast fertig«, sagt er, während er auf der Liste wieder ein paar Positionen abhakt.

»Ich sterbe vor Hunger«, klagt Alicia. »Ich brate mir ein paar Eier mit Schinken. Für dich auch?«

»Nein, danke, ich ziehe mich jetzt an.«

Wenig später kehrt er in schwarzen Jeans zurück, Mokassins ohne Socken und ein Hemd aus grünem Denim. In der Hand hält er sein Notizbuch, das er genau durchgeht. Alicia tritt zu ihm und schaut auf seine Handgelenke. Das Hämatom ist größer geworden, ebenso die Schwellung an der Stirn.

»Tut es sehr weh?«

»Ja, aber das ist jetzt egal. Nur nicht dran denken.« Er studiert weiter seine Liste. »Jetzt müssen wir ... überprüfen, ob alles restlos verbrannt ist, und die Asche verstreuen.«

Auch Alicia geht ihre Liste durch, öffnet ihre Tasche und legt das abgeschnittene Stück Jeans hinein.

Victor begibt sich zum Grill und schaut nach, ob alles verbrannt ist. Er harkt die feinen Aschenreste durch.

In der Perückensammlung wählt Alicia eine blonde aus, mit glattem, langem Haar. Sie streift eine sackförmige Tunika aus gelblichem Stoff über, ziemlich weit, ohne Gürtel, mit Fransen bis zu den Knöcheln und setzt sich eine Sonnenbrille auf.

Victor steckt einige Dollarnoten in die Tasche seiner

Bermudas. Aus dem Badezimmer holt er eine Rolle Heftpflaster und gibt sie Alicia. Dann reicht er ihr ein Stück Papier, auf die er die Namen einiger Medikamente geschrieben hat. Alicia steckt den Zettel ein.

Wieder werden Punkte abgehakt, die sie erledigt haben. Bevor sie gehen, öffnet Victor den Kühlschrank und nimmt eine kleine Dose Orangensaft heraus.

Durch die Tür, die beide Garagen miteinander verbindet, begibt sich Victor in Rieks Garage, steigt in dessen Volvo und fährt in Richtung Vedado. Alicia folgt ihm im Cabrio.

Eine halbe Stunde später parken beide Wagen vor einem Häuserblock auf der Höhe des alten Krankenhauses »Camilo Cienfuegos«. Alicia schaltet die Warnblinkanlage ein, steigt aus, schließt die Wagentür vorsichtig und geht hinüber in die Apotheke, die Medikamente nur gegen Dollars verkauft. Sie kauft, was Victor ihr aufgeschrieben hat. Als sie zurückkehrt, steigt sie nicht in ihren Wagen, sondern wechselt in den Volvo von Rieks. Victor hat sich auf den Beifahrersitz begeben, damit Alicia fahren kann.

Auf dem Weg nach Miramar nimmt Victor mit dem Orangensaft 350 Milligramm Dipiron und 50 Milligramm Dextroamphetaminsulfat ein. Im Tunnel der *Avenida Quinta* spürt er bereits die allergische Reaktion. 15 Minuten später steigt Alicia immer noch als unförmige Blondine verkleidet vor einem Laden aus, den sie zehn Minuten später wieder verläßt. Sie hat Nadeln, Faden und ein Dreieckstuch erstanden. Bevor sie wieder fährt, beginnt sie hinter dem Steuer zu nähen.

Victor verspürt ein Herzrasen, seine Ohren werden heiß, akuter Juckreiz am ganzen Körper. Seine Wangen schwellen an, die Wunde an der Stirn sieht übel aus.

»Da muß jeder denken, man hätte dich niedergeschlagen«, sagt sie beeindruckt.

Victor lächelt, was ihn auch nicht besser aussehen läßt.

Sie näht den engeren Teil des Hosenbeins zu, so daß eine Kapuze entsteht, die Victor anprobiert. Der ganze Hinterkopf ist bedeckt, vorne geht sie bis aufs Schlüsselbein.

»Sehr gut«, sagt er und zieht sie wieder aus. »Eine letzte Kontrolle noch.«

Jeder von ihnen schaut auf die eigene Liste, sie haken wieder etwas ab und nicken sich zu.

»Offen bleiben noch der Draht, das Heftpflaster, die Kapuze und die Gummihandschuhe«, sagt Alicia und schaut von ihrer Liste auf. »Ich hab' alles hier in meiner Tasche.«

»Überprüf es.«

Sie findet alle gesuchten Dinge in ihrer Tasche und nickt.

»Ja, alles da.«

»Okay, viel Glück.«

Sie geben sich ganz förmlich die Hand und lächeln. Alicia eher ängstlich, Victor mit einer grotesken Grimasse, unergründlich und geschwollen.

Durch die *Avenida Séptima* fahren sie nach Vedado zurück und biegen in Richtung *bosque de la Havanna.* Alicia parkt an einer einsamen Stelle, holt aus ihrer Tasche den Kupferdraht und fesselt Victor wieder, diesmal allerdings die Hände auf dem Rücken. Dann schneidet sie drei Stücke des Heftpflasters ab und verklebt ihm damit die Augen und den Mund. Sie stülpt ihm die Kapuze über, zieht die Gummihandschuhe von seinen Händen und legt sie in ihre Tasche. Alicia öffnet die Tür an Victors Seite, läßt die Scheibe hinunter, um zu hören, ob jemand in der Nähe ist, danach ihr Seitenfenster. Keine Wagengeräusche weit und breit. Auch von vorne kommt niemand.

»Spring jetzt raus. Viel Glück!«

Victor taumelt blind hinaus und sackt am Straßenrand zusammen.

Sie schließt die Wagentür und fährt weiter in Richtung *Puentes Grandes.*

Zwei Minuten bleibt Victor liegen. Er hört, wie sich ein Auto nähert. Doch es fährt vorbei.

Der Hurensohn!

Gleich darauf vernimmt er ein Reifenquietschen, jemand legt den Rückwärtsgang ein. Ein Taxi hält an, der Chauffeur steigt aus.

»Herr im Himmel, was ist da los?«

Er nähert sich Victor und zieht ihm die Kapuze vom Kopf. Als er die Pflaster über Mund und Augen, das stark angeschwollene Gesicht erblickt, schüttelt es ihn.

»Bei meiner Mutter …!«

Der Mann reißt ihm die Klebestreifen ab …

»Wurden Sie überfallen, *señor?*«

Ohne auf eine Antwort zu warten, rennt er zu seinem Wagen, kehrt mit einer Zange zurück, um den Draht um die Handgelenke durchzuknipsen.

»Das muß man gesehen haben! Mein Gott! Was hat man mit ihnen angestellt …!«

Victor antwortet nicht.

Der Mann befreit ihn und will ihm auf die Beine helfen.

Victor hechelt, bleibt auf ein Knie gestützt hocken.

Um ihm hochzuhelfen, zieht der Mann ihn am Arm.

Victor übertreibt seine Beschwerden und stellt sich nur unter heftigem Stöhnen auf.

Unter großem Zittern klagt er: »Ich wurde von einigen Arschlöchern überfallen.«

»Wirklich! Es gibt Leute, die keinen Anstand mehr im Leib haben ... Aber was genau ist passiert, *señor?*«

Der Taxifahrer begleitet ihn zum Wagen.

»Steigen Sie ein, ich bring, sie sofort ins Krankenhaus ...«

»Nein, das ist nicht nötig, fahren Sie mich lieber in die *Calle 45,* neben dem Zoo.«

Carmen sieht sich einige Fotos an, die auf dem Tisch des Eßzimmers liegen. Neben ihr raucht van Dongen eine Zigarette, er hat eine Tasse Tee in der Hand.

»Uff, wie schrecklich ...! Und wo stammt das her?«

Carmen reicht ihm ein Foto, auf dem das unverwechselbare Profil van Dongens zu erkennen ist, der auf einem Platz sitzt und malt. Er trägt schmuddelige Klamotten und sehr langes Haar.

»Das war auf der *Place de la Contrescarpe* in Paris vor zwanzig Jahren. Ich stellte meine Staffelei überall auf, machte Schnellporträts von Touristen, versoff umgehend alles, was ich einnahm.«

»Wieso hast du so viel getrunken?«

»Ich war mit meiner künstlerischen Berufung und mit meinen politischen Ideen gescheitert.« Er nimmt ein Foto, das sie auf dem Tisch liegen gelassen hat ... »Das hier war im Mai 68, als wir uns mit der Gendarmerie im *Quartier Latin* Straßenschlachten lieferten ...«

»Und die Frau da neben dir?«

»Das ist die Mutter meiner Tochter, die fünfzehn Jahre mit mir zusammenlebte und sich danach mit einem anderen absetzte ... Das war mein Untergang ...«

»Hat dir das sehr zugesetzt?«

»Nicht so sehr ihretwegen, sondern wegen meiner Tochter … Ich hab' mich ziemlich gehenlassen, konnte keinen Unterhalt für sie aufbringen. Es war mühselig genug, für mich allein auf der Straße Geld zu verdienen. So verbrachte ich vier Jahre. 1985 landete ich im Krankenhaus, im Delirium, völlig dem Alkohol verfallen. Wenn Rieks nicht gewesen wäre, der mich da rausholte und drei ganze Tage mit mir in Paris verbrachte, wäre ich bestimmt nie wieder auf die Beine gekommen.«

»Ich hätte nie gedacht, daß ein Millionär so edle Gefühle haben kann.«

»Rieks hat ein großes Herz. Wenn er jemanden liebt, nimmt er sich seiner ganz und gar an. Damals nahm er mich mit nach Curaçao, bezahlte mir einen Aufenthalt in der Klinik. Fast zwei Jahre lang hat er mich einmal in der Woche besucht …«

»Er war dein Cousin …«

»Sein Bruder ist auch mein Cousin, aber der verachtet mich, wie fast seine ganze Familie. Sie verzeihen mir weder meine Nase noch meine jugendlichen Verirrungen. Noch immer beschimpfen sie mich als Kommunisten …«

Carmen lacht belustigt, stemmt die Hände in ihre Taille.

»Sag bloß, du warst ein Kommunist …!«

»Nein, niemals. Als ganz junger Kerl war ich Anarchist, später Trotzkist …«

»Und warum hat dich Rieks stets beschützt?«

»Vielleicht, weil ich ihm Jahre zuvor auch viel geholfen habe …«

Carmen nimmt seine Hand und schaut ihn liebevoll an.

»Ich bin ein paar Jährchen älter als er und hatte viel

mehr Erfahrung. Mit achtzehn hatte ich bereits die Barrikaden von Paris erlebt und das Bohemièn-Leben der darauf folgenden Jahre. Als ich mal in Holland zu Besuch war, hatte er gerade eine schwere Krise. Er war völlig verängstigt, daß sein Vater seine Homosexualität entdecken könnte. Ein Schwein hat ihn damals erpreßt. Es gab keinen Ausweg für ihn. Ich befreite ihn von diesem Typ und überzeugte ihn davon, sich so anzunehmen, wie er eben war ... Seitdem bin ich sein Vertrauter geworden; er schrieb mir nach Frankreich, um mich bei Problemen um Rat zu fragen ...«

Das Geräusch des elektrischen Summers unterbricht das Gespräch. Van Dongen steht auf, geht zur Tür und nimmt den Hörer der Gegensprechanlage ab.

»Ja, bitte. Ja, das ist hier, richtig.«

Was er nun zu hören bekommt, erschreckt ihn über alle Maßen. Er reißt die Augen weit auf, sieht zu Carmen hinüber und spitzt die Lippen.

»Wann? Ist es sehr ernst? Ja, ja, kommen Sie nur.« Er drückt auf den Knopf neben dem Hörer, und ein elektronischer Triller ist zu vernehmen. »Ist jetzt offen. Ja, ich komm gleich runter, um Ihnen zu helfen.«

Er hängt den Hörer ein und schaut Carmen alarmiert an, eine Hand am Türknauf.

Es ist der Taxifahrer, der den verletzten Victor King bringt, den Angestellten der Firma. Es scheint so, daß er einen Unfall gehabt hat. Van Dongen verläßt überstürzt die Wohnung, während Carmen zum Fenster rennt. Sie sieht von dort aus den Taxifahrer und Victor, die durch das Portal das Gebäude betreten.

Alicia parkt Grootes Volvo am Malecon, wenige Meter vom Seiteneingang des Hotels Riviera entfernt. Sie geht die Liste der noch zu erledigenden Punkte durch und prägt sie sich ein. Sie darf nichts übersehen.

Sie öffnet die Tür ein wenig, lehnt sie aber nur an, bleibt im Wagen sitzen, zieht die Gummihandschuhe aus und steckt sie in ihre Tasche. Mit dem Ellbogen schiebt sie die Wagentür auf, um keine Fingerabdrücke zu hinterlassen.

In der Hotelhalle läuft sie auf und ab. Ihr blondes Haar bleibt unter so vielen Touristen unbemerkt. Mit dem weiten Kleid ohne Gürtel wirkt sie wie eine pummelige Frau, die ihre nicht mehr vorhandene Taille verdecken möchte. Sie verläßt das Gebäude wieder durch den Haupteingang, ruft nach einem Taxi und läßt sich ins Hotel Havanna Libre bringen.

Auf der Fahrt setzt sie sich hinter den Fahrer und steckt mit ein paar Nadeln das Haar hoch. Mit dem Dreieckstuch improvisiert sie einen Turban, unter dem sie die Perücke völlig verschwinden lassen kann.

Im Beisein des beunruhigten Paares und des Taxifahrers schaut sich Victor die blutunterlaufenen, angeschwollenen Handgelenke an. Er bleibt stumm, lächelt benommen wie ein Angetrunkener.

Der Chauffeur ist sehr aufgeregt. Seitdem er die Wohnung betreten hat, schimpft er darüber, wie gewalttätig die Straße geworden sei.

»... einfach so hingeschmissen im Bosque von Havanna, auf der Straße am Rand des Flüßchens ... Die Hände waren gefesselt, Klebestreifen auf Mund und Augen, und die Kapuze hier ... Stellen Sie sich vor ...«

Victor legt dem Mann eine Hand auf die Schulter, damit er sich beruhigt. Mit letzter Kraft wendet er sich an Jan.

»May I have some water please? Sorry, Jan, this was the nearest place.«

»Sure, it's okay, Vic. Don't worry about it.«

Während van Dongen das Wasser holt, inspiziert Carmen seine Gesichtsverletzungen.

»Man sieht, daß die dich hart rangenommen haben …«

Victor greift nach dem Glas und verdreht die Augen im Schmerz. Sein Gesicht ist rot geschwollen.

Er trinkt gierig das Wasser, seine Hand zittert. Einige Tropfen rinnen am Mund hinab.

»Sie haben mich an den Nackenhaaren weggeschleift, und mein Gesicht mehrmals gegen eine Holztür geschlagen.«

Er unterbricht sich, um etwas in seiner Gesäßtasche zu suchen. Als er den Arm nach hinten biegt, zieht er sein Gesicht in einer Grimasse des Schmerzes zusammen. Ganz vorsichtig wechselt er seine Stellung im Sessel, holt die Brieftasche heraus und überreicht dem Taxifahrer einen Hundert-Dollar-Schein.

Der Taxifahrer, der stehengeblieben ist, entschuldigt sich.

»Verzeihen Sie, *señor,* ich hab' kein Wechselgeld.«

»Stimmt so«, lächelt Victor angestrengt. »Das sind fünfzig für ihre freundliche Hilfe, und der Rest ist dafür, daß sie niemand was davon erzählen.«

»Ganz herzlichen Dank«, sagt der Taxifahrer und zieht eine Visitenkarte aus seiner Hemdtasche. »Für den Fall, daß sie mich als Zeuge brauchen, hier ist meine Karte.«

»Ich glaube nicht, daß ich Sie brauchen werde. Auf jeden Fall, danke nochmals, und bitte kein Wort darüber.«

Victor gibt ihm die Hand im Sitzen. Ein Händedruck. Der Taxifahrer verschwindet. Carmen begleitet ihn bis zur Tür.

Victor atmet tief durch, als ob er neue Kräfte schöpfen wolle.

»Eine Zigarette?«

Jan hält ihm eine Packung Camel hin, aus der Victor sich eine nimmt. Seine Hand zittert stark. Jan gibt ihm Feuer, ohne etwas zu sagen, und wartet.

»Sie haben Rieks entführt …«

Carmen faßt sich an die Stirn …

»Das ist nicht dein Ernst!«

Jan schluckt, er starrt Victor mit festem Blick an, bleibt stumm, leckt über seine Lippen, auf den Wangen entstehen zwei Vertiefungen, die seine Nase noch größer wirken lassen.

»Und jetzt …«

»Jetzt fahren wir ins Krankenhaus«, unterbricht ihn Jan.

»Genau«, stimmt Carmen zu, »es gibt hier eins direkt um die Ecke!«

»Unmöglich …«, sagt Victor mit leiser Stimme, den Blick auf den Boden gerichtet. »Die Polizei würde doch sofort Wind davon bekommen … Und das wäre für Rieks sehr gefährlich.«

Er macht eine Pause, als wolle er einen Schmerz vermeiden.

»Abgesehen davon, brauch' ich keinen Arzt. Nur ein bißchen Erholung.«

Carmen fühlt ihm den Puls am Handgelenk.

»Du hast ein galoppierendes Herzjagen!«

Victor weist ihre Besorgnis zurück.

»Es kommt von dem Schock. Sicher ohne Bedeutung. Ich muß mich nur ausruhen.«

»Möchtest du ein Beruhigungsmittel, ich hab ein sehr …«

Victor unterbricht sie: »Nein. Das geht von selbst vorbei, wenn ich ein bißchen geschlafen habe. Wie spät ist es? Die Schweine haben mir auch die Uhr abgenommen.«

»Zehn nach sechs … Du kannst dich im Gästezimmer hinlegen.«

Victor sieht van Dongen an.

»Ich bitte dich, Bos zu erreichen. Wenn du damit einverstanden bist, können wir ihn herbestellen, so gegen neun.«

»No problem!«

»Wir müssen heute abend noch eine Entscheidung bezüglich des Lösegelds treffen.«

»Verlangen sie viel?« fragt Jan.

»Ja, drei Millionen, ich muß aber jetzt erstmal schlafen …«

Van Dongen hebt die Arme und pfeift durch die Zähne.

Als Alicia vor dem Havanna Libre aus dem Taxi steigt, ist sie nicht mehr die pummelige Blondine aus dem Volvo, die ins Riviera ging. Mit den Sandalen, der Sonnenbrille, dem Turban auf dem Kopf und in der weiten Tunika ist sie aber auch nicht Alicia.

Vor dem Hotel steigt sie in die nächste Taxe ein. Auf Fahrt nimmt sie Turban und Perücke ab, die sie schnell ins Dreieckstuch wickelt, sie hebt ihr Kleid bis zum Knie und legt einen Gürtel um. An der Kreuzung *Línea* und *Calle L* verläßt sie das Fahrzeug.

Aber jetzt. Die Frau, die nun die beiden Straßen hinuntergeht, die sie von ihrem weißen Cabrio trennen, ist wieder die bezaubernde Alicia.

Das Haus ihrer Mutter erreicht sie um 17 Uhr 30.

Innerhalb von fünf Minuten erfährt Margarita, welche Vorsichtsmaßnahmen getroffen worden sind. Sie hätte gerne ein paar Details mehr erfahren. Doch angesichts der erschöpften Alicia zieht sie es vor, ihr etwas zu kochen und ihr ein Bad einzulassen.

»Uff, was für ein Tag«, sagt Alicia, als sie im Bett liegt.

Das Gleiche denkt Victor im selben Augenblick.

Noch immer ist er hellwach. Seiner Schätzung nach würden die Schwellungen, die von den pharmazeutischen Mitteln verursacht wurden, etwa gegen zwanzig Uhr zurückgehen. Das Herzrasen dagegen, aufgrund der Dosis, die er sich verabreicht hat, noch bis Mitternacht andauern.

27

Victor, Jan van Dongen und Karl Bos sitzen an einem Tisch. Karl Bos ist ein etwa 50jähriger Riese mit vielen Sommersprossen. Entsprechend seiner Stellung als Geschäftsführer der GROOTE INTERNATIONAL INC. in Kuba pflegt Bos sich stets formell zu kleiden. Er bevorzugt die altmodische Eleganz, raucht mit Spitze, trägt ein silbernes Zigarettenetui bei sich, kämmt sich das pomadisierte, glänzende Haar nach hinten. An diesem Tag trägt er einen grauen Anzug und eine rote Krawatte.

Sein Aussehen steht in ziemlichem Gegensatz zu dem desolaten Äußeren Victors, dessen Stirn, mit einem Pflaster bedeckt, weiter angeschwollen scheint. Er sieht um zehn Jahre gealtert aus. Seine Gesichtshaut, die vor Stunden noch intensiv gerötet war, hat eine grünliche Blässe angenommen. Carmen ist der Meinung, er müsse sofort ins Krankenhaus, bei einem Puls von 120, der Blutdruck sei stark erhöht. Er weigert sich, er wollte nicht mal ein Hemd von Jan anziehen. Immer noch trägt er das grüne Denim-Shirt, etwas schmutzig an der Brust und an den Ärmeln zerrissen. Er raucht eine Zigarette nach der anderen, seine zittrige Stimme ist kaum vernehmbar.

Carmen bringt einen Behälter mit Eis. Bos nimmt sich zwei Würfel und läßt sie in ein Whiskyglas fallen. Auf dem Tisch steht ein Recorder. Jan van Dongen legt eine Cassette ein und gibt Carmen ein diskretes Zeichen, damit sie das Büro verläßt. Er stellt das Mikrofon vor Victor. Das Gespräch findet in englisch statt.

»Können wir anfangen?« fragt Bos.

Van Dongen stimmt zu und schaut zu Victor hinüber, der näher ans Mikro herankommt.

»Ich war dabei, meinen Bericht zu schreiben, als mich Rieks anrief. Er war nicht in Vardero, wie ich dachte. Er sagte mir, er habe einen schweren Kater von den vielen Drinks vom Vorabend, deswegen wolle er erst am Nachmittag losfahren. Ich solle sofort zu ihm kommen, er wolle mir etwas für Jan geben. Ich nahm die Akten und ging zu Fuß die wenigen Meter von meinem zu seinem Haus. Als ich dort die Tür öffnete, setzt mir jemand eine Pistole an die Schläfe und ein Kapuzenmann sagt: ›*Hands up!*‹«

»Auf englisch?« unterbricht ihn Bos.

»Ja, in Englisch. Er befahl mir, die Hände auf den Rücken zu legen, und ein anderer fesselte meine Handgelenke. Schau sie dir an.«

Victor drückt die Pausen-Taste und zeigt die Spuren, die von dem Kupferdraht stammen, an der Innenseite seiner Gelenke. Er gießt sich einen Whisky ein, nimmt einen Schluck, macht eine schmerzverzerrte Miene und setzt seine Schilderung fort.

Karl Bos protokolliert mit. Van Dongen blickt ins Leere.

»Es waren drei Typen mit Kapuzen, ich glaube, daß eine Frau dabei war, ein starker Duft von Chanel Nr. 5 …«

»Waren es Kubaner?«

»Das glaube ich nicht. Ich hörte nur einen sprechen, den, der auf mich zielte, und dieser hatte einen sehr starken New Yorker Akzent.«

»Als sie dich bedrohten, war Rieks da anwesend?«

»Ja, obwohl ich ihn anfangs nicht gesehen habe, denn

sie hielten ihn hinter mir in einer Ecke fest. Seine Hände waren ebenfalls auf dem Rücken gefesselt.«

»Hat er was gesagt?«

»Nein. Kein einziges Wort ... Bevor sie uns später aus dem Haus brachten, klebten sie uns die Pflasterstreifen auf Augen und Mund und stülpten uns beiden die Kapuze über.«

Bos greift nach der Kapuze und inspiziert sie, offensichtlich sehr beeindruckt.

»Dann schubsten sie uns in die Garage und zerrten uns in den Volvo von Rieks. Ich schätze, wir sind etwa vierzig Minuten lang unterwegs gewesen, aber immer innerhalb der Stadtgrenzen. Wir hielten an einer Garage an, sehr einfacher Laden, dort war ein Lehmboden.«

»Hast du von draußen irgendwelche Geräusche hören können?« fragt Bos.

»Ja, von Ferne waren Schreie zu hören, als würden Kinder irgendwo spielen.«

Victor verzieht das Gesicht.

»Ich bitte Euch um eine kurze Pause ...«

Nach dieser Unterbrechung und weiteren zehn Minuten der Aufnahme beschließen Jan und Bos, Victor nicht weiter zu belästigen.

»Wenn du dich an weitere Details erinnern kannst, sag sie uns morgen«, schlägt van Dongen vor, »wenn du dich besser fühlst. Jedes noch so winzige Detail kann eine Spur sein.«

»Jan hat recht. Falls die Familie oder Rieks selbst beschließen, die Polizei einzuschalten, wird das von Nutzen sein.«

»Ganz gewiß werde ich mich morgen noch an mehr erinnern können, wenn es mir nur gelingt, einmal durchzuschlafen. Wie auch immer, am 17. November wollen sie drei Millionen haben. Es ist Eile geboten.«

Bos verzieht den Mund und klopft sich aufs Knie.

Ohne sichtbare Aufregung stimmt van Dongen zu.

»Sie wollen uns in Kürze im Büro anrufen, um uns die Einzelheiten für die Übergabe des Lösegeldes mitzuteilen. Dann haben wir ein paar Tage Zeit, das Geld aufzubringen. Keine Verhandlungen, keine Zahlungsaufschübe. Der Kapuzenmann sagte zu mir: ›Entweder zahlt ihr, wann und wie wir bestimmen, oder wir frieren ihn ein.‹ «

»Bevor wir einen Entschluß fassen«, sagt van Dongen, »müssen wir Vincent Groote, Christina und der übrigen Familie diese Cassette vorspielen.«

Bos denkt einen Moment nach, holt seinen elektronischen Notizkalender und ruft eine Information ab. Dann wendet er sich an van Dongen.

»Okay, Jan, das ist das erste. Ich werde gleich in Amsterdam anrufen und mir für morgen ein Flugticket besorgen.«

Jan nickt, holt die Cassette aus dem Recorder und reicht sie Bos.

»Und du«, Bos zeigt auf Victor, »vergiß nicht, mir auf einer anderen Cassette alle Details aufzuzeichnen, an die du dich noch erinnern kannst. Laß sie mir morgen in aller Früh ins Büro bringen.«

»Du kannst dich darauf verlassen«, versichert ihm Victor, den Kopf leicht eingezogen. Er schaut auf seine Handgelenke.

28

GESICHTS- UND KIEFERCHIRURGIE UND BERATUNG steht auf einem kleinen Türschild.

Ein Arzt im weißen Kittel zeigt mit einem Stock auf einen Schattenriß, der auf eine Leinwand projiziert wird. Er weist auf den oberen Teil einer geraden Nase, klein aber gut proportioniert.

»Wenn man einen frontalen Schnitt anbringt, etwa in einem Winkel von fünfundvierzig Grad am oberen Ende des Nasenbeins, könnten wir ihnen problemlos eine platte Boxernase basteln… So in etwa zum Beispiel. Diese würde Ihnen bestimmt gut stehen, das kann ich Ihnen versichern…«

Während der Arzt fortfährt, hört Jan van Dongen ihm mit erschrecktem Gesicht zu. Irgendwann unterbricht er ihn. Er hält sich mit beiden Händen die Ohren zu.

»Bitte, Herr Doktor, hören Sie auf. Nehmen Sie mir das nicht übel, aber allein vom Zuhören wird mir schlecht…«

»Das ist sein großes Problem«, mischt sich Carmen ein, »er hat panische Angst vor der Operation…«

»Ich versichere Ihnen, Sie werden nicht den kleinsten Schmerz spüren, nicht mal nach der Operation.«

»Ich hab' gar keine Angst vor den Schmerzen. Aber schon die Vorstellung, daß man mir das Nasenbein durchsägt, läßt mich schaudern, mir wird dabei ganz schwindelig…«

»Ihre Reaktion ist durchaus nicht unüblich. Es gibt Patienten, die nehmen die schlimmsten Schmerzen in

Kauf, lassen sich sogar ohne Betäubung operieren, nur um zu vermeiden, daß man ihnen eine simple intramuskuläre Injektion verpaßt. Wenn man bei solchen Patienten dennoch darauf bestehen muß, kriegen sie panische Ängste, die bis zum Herzstillstand führen können. Aber das übersteigt meine Kompetenzen. Haben Sie mal daran gedacht, vorher einen Psychiater zu konsultieren.«

29

In einem äußerst knappen Nachthemd, das sehr sexy wirkt, steht Alicia in der Küche und trinkt einen Schluck Orangensaft. Sie lehnt an dem Tiefkühlschrank, in dem sich die Leiche von Groote befindet.

Ein hellhäutige Frau, so um die fünfzig, mit Häubchen und Servierschürze, putzt die Fensterscheiben.

Alicia geht zu ihr, ein paar Dollarscheine in der Hand.

»Du, Mariana, fast hätte ich es vergessen. Victor hat das hier für dich hinterlegt.«

Die Frau zieht die Handschuhe aus und nimmt die Dollars.

»Das ist dein Gehalt für die nächsten Tage, plus ein Feriengeld.«

Die Frau schaut Alicia verwundert an.

»Victor möchte, daß du ab heute Urlaub nimmst.«

»Ach, ja? Und warum gerade jetzt?«

»Ich verschwinde morgen für ein paar Tage nach Varadero, und Victor geht heute nacht noch auf Reisen. Er hat das Haus ein paar Italienern überlassen, die kommen zum erstenmal nach Havanna, na ja, und du weißt schon ...«

»Klar, kapiert ... Sie möchten sich mal richtig austoben und dabei keine Zeugen haben ...«

Unwirsch kehrt sie zu den Fensterscheiben zurück. Alicia verfolgt sie aus den Augenwinkeln und nippt wieder an ihrem Orangensaft.

30

Van Dongen legt den Reisekoffer von Karl Bos in den Kofferraum von Victors rotem Chevrolet. Karl setzt sich neben ihn und trocknet sich mit einem Taschentuch den Schweiß vom Gesicht.

Hinter ihnen hupt jemand. Er ist sehr heiß. Auf dem Flughafen staut sich wieder alles. Mietwagen, Taxis, Luxusschlitten, Privatwagen durcheinander in einem chaotischen Tauziehen, um schnell wegzukommen.

Yarey-Hüte, Gepäckwagen voller Koffer, Rum aus der Flasche, tränenreiche Verabschiedungen, T-Shirts mit dem Bild von Che.

Victor schafft es, aus dem Stau auszubrechen, und sein Wagen prescht zwischen der Menschenmenge hindurch.

»Die Familie wird ohne Bedingungen zahlen«, sagt Bos, während der Wagen über die *Avenida de Rancho Boyeros* fährt …

»Und die Frau, was sagt sie?« versucht Victor herauszukriegen.

»Sie ist einverstanden. Auch die Mutter, wie immer sehr entschlossen. Sie hat darauf bestanden, daß keine Polizei eingeschaltet wird. Der Familienanwalt von Vincent hat unterstrichen, daß wir die Bedingungen der Entführer akzeptieren sollen und bezahlen, was sie verlangen, ganz gleich, wie hoch die Summe ist.«

»Ich bin der Meinung, wir sollten wenigstens ein Foto von Rieks von ihnen verlangen, auf dem er neben einer

Tageszeitung abgebildet ist. Wir müssen sichergehen, daß er noch lebt.«

»Nein, Jan, die Grootes haben mir sogar verboten, so etwas zu fordern. Das Geld juckt sie überhaupt nicht. Sollte die Sache schlecht ausgehen, wird seine Frau von der Versicherung einen Betrag von zehn Millionen Dollar ausgezahlt bekommen. Sie wollen auf jeden Fall vermeiden, die Entführer nervös zu machen und damit das Leben von Rieks zu gefährden.«

»Aber wenn wir ein Foto verlangen, setzen wir doch Rieks keiner Gefahr aus. Wenn die Entführer sich nicht darauf einlassen, können wir immer noch tun, was sie von uns verlangen. Wenn sie uns aber ein Foto schicken, können wir ruhiger schlafen.«

Karl Bos denkt eine Weile nach, er ist skeptisch. Er schaut auf die Uhr und verlangt ein Handy.

Victor reicht ihm seins und Bos spricht auf holländisch kurz mit seiner Frau, tätigt ein Gespräch auf englisch mit seiner Sekretärin und einen dritten Anruf mit der Sekretärin eines kubanischen Ingenieurs, mit der er am nächsten Tag zu Mittag essen will.

Zehn Minuten später parkt der Chevrolet im benachbarten Viertel *Fontanar.*

Die schwarze Gattin von Bos kommt heraus, um ihn zu begrüßen.

»OK, danke, wir treffen uns in zwei Stunden zu einer Sondersitzung in meinem Büro.«

An der Sitzung nehmen nur Karl Bos, van Dongen und Victor teil, ohne ihre Sekretärinnen. Beim ersten Punkt geht es darum, wer die Lösegeldübergabe machen soll. Victor will sich da raushalten. Er gibt vor, aufgrund der letzten Vorfälle noch viel zu durcheinander zu sein.

Fünf Tage nach dem Anschlag weisen Stirn und Handgelenke immer noch die Spuren der Blutergüsse auf. Er sieht blaß aus, hat Gewicht verloren.

Van Dongen bringt sich selbst ins Spiel. Karl ist damit einverstanden.

Victor fragt, wie sie die Sache mit dem Bargeld zu lösen gedenken. So einen hohen Betrag zu besorgen, sei nicht ganz einfach. Auf die Bitte von Bos hin hat Vincent Groote bereits Herrn De Greiff von der Filiale in Caracas damit beauftragt, einen Emissär mit den drei Millionen in bar nach Kuba zu schicken. De Greiff habe zugesagt, daß der Geldbote am 15. November in Havanna eintreffen werde.

Van Dongen beharrt auf seiner Idee, ein Foto von Groote mit der Tageszeitung in der Hand einzufordern. Victor unterstützt ihn dabei. Und auch Karl Bos stimmt schließlich zu.

31

Alicia zieht nervös an der Zigarette.

»Mist! Und was machen wir jetzt? Sollen wir ihnen ein Foto der kalten Leiche schicken, mit Zöpfchen-Perücke und angemalten Lippen.«

»Ganz ruhig bleiben! Das ist doch kein Problem.«

Sie schaut ihn mißgelaunt und angespannt an.

»Wenn du morgen Bos anrufst und er von dir das Foto fordert, sagst du ihm, daß du das vorher mit deinen Partnern besprechen mußt ... Und vergiß nicht zu fragen, wer der Überbringer des Lösegelds sein soll. Er wird dir sagen, daß van Dongen dies übernehmen wird.«

Alicia macht sich ein paar Notizen am Tisch, voller Unmut.

»Ich verstehe nicht, warum du dich nicht angeboten hast ... Alles wäre viel einfacher, wenn du selbst das Lösegeld überbringen würdest.«

Victor geht zur Tiefkühltruhe und schaut hinein.

»Kommt nicht in Frage. Ich werde vor den Mitarbeitern der Firma dieses Geld nicht mal anrühren ...«

Victor beginnt, die Lebensmittel aus der Tiefkühltruhe zu räumen, ohne sich zu unterbrechen.

»... es ist schon verdächtig genug, daß ich der einzige Zeuge der Entführung bin. Immerhin ist van Dongen sein Cousin und sein Vertrauensmann ...«

Alicia wundert sich darüber, was Victor gerade tut.

»Was machst du denn da?«

»Wir müssen ihn auftauen. Oder etwa nicht?«

Sie blickt ihn verständnislos an, begreift nicht, was er damit meint.

»Für das Foto, Alicia ... Erst müssen wir die Leiche auftauen.«

»Und wie werden wir ...?«

»Zuerst kommt er ein paar Stunden in die Sonne, dahinten am Rand des Pools. Wir ziehen ihm eine Badehose an und plazieren ihn auf einer Liege.«

»Ach so ...«

Alicia schaudert bei dem Gedanken. Es ist ihr, als müsse sie sich übergeben.

Victor räumt mit vorgebeugtem Oberkörper ein paar große Fische aus der riesigen Tiefkühltruhe heraus, die er an Alicia weiterreicht. Sie legt sie zu den übrigen Lebensmitteln, die auf dem Küchentisch stehen.

»Das ist der letzte ...« Er streckt seinen Rücken und schaut Alicia an.

Sie geht zu ihm und sieht auf dem Boden den Körper von Groote, zusammengekauert in fötaler Stellung. Victor versucht, die Leiche zu bewegen. Aber er schafft es nicht, ihn zu bewegen.

»Verdammte Scheiße! Er klebt am Boden!«

»Wir hätten eine Plane unter ihn legen müssen.«

»Wir müssen ihn mit warmem Wasser ablösen.«

Alicia läßt sofort Wasser in einen großen Topf einlaufen.

Victor zündet sich eine Zigarette an. Alicia stellt den Topf auf die Herdplatte und kehrt zu Victor zurück.

»Hast du endlich das Gewicht der Scheine ausgerechnet?«

»Noch nicht, aber ich habe schon die Waage aus Mamis Haushalt geholt.«

Alicia nimmt aus ihrer Tasche eine Schachtel, aus der eine winzige Bronze-Waage zum Vorschein kommt.

Victor macht die Zigarette aus und beginnt, die Gewichte zu sortieren.

»Reich mir ein paar Dollars.«

»Ich habe keinen Hunderter da.«

»Macht nichts. Jeder Schein tut es, sogar die Ein-Dollar-Scheine. Die wiegen alle gleich.«

Alicia gibt ihm aus ihrer Tasche mehrere Ein- und Fünfdollarscheine. Sie ist von der Mitteilung Victors überrascht. Er zählt zehn Scheine ab, glättet sie sorgfältig mit der Hand und legt sie auf das Schälchen der Waage. Er probiert mehrere Gewichte, bis die Schälchen im Gleichgewicht sind.

»Spitze! Jeder wiegt ein Gramm. Drei Millionen sind dreißigtausend Scheine, also wird das Lösegeld dreißig Kilo wiegen.«

Alicia schaut ihn besorgt an.

»Und wie soll ich das wegschaffen, bitte?«

»*No problem!* Ich werde dir ein Gerät beschaffen, das sogar einen Elefanten nach oben wuchtet.«

32

Karl Bos unterzeichnet in seinem Büro einige Dokumente und gibt sie einer Sekretärin, die den Raum daraufhin verläßt. Jan, Victor und Bos sitzen bei einer geschäftlichen Besprechung am Tisch, auf dem drei Telefone stehen. Unterlagen, Kaffeetassen, Mineralwasser.

Die Gesichter angespannt. Victor raucht, streicht sich über den Kopf. Van Dongen schaut an die Decke, nimmt einen Rechner und gibt stumm ein paar Zahlen ein. Karl Bos sieht auf seine Uhr. Eins der drei Telefone klingelt. Bos nimmt den Hörer ab.

»*Yes?*«

Bos lauscht, hebt die Augenbrauen, nickt den anderen zu, um zu bestätigen, daß die Entführer dran sind.

»*It's a woman!*« flüstert er und deckt die Sprechmuschel zu. »*Yes, I understand ...*«

Als pummelige Gringa verkleidet, mit Perücke und Sandalen, spricht Alicia ein amerikanisches, ziemlich nasales Englisch. Um ihre Stimme zu verstellen, hat sie ihre Stimme etwas angehoben und hält sich beim Sprechen die Nase zu.

»Ist das Geld am 17. parat?«

»Ja, das schaffen wir.«

»Wer wird es übergeben?«

»Mr. Jan van Dongen ...«

»Aha, der Mann mit dem Riesenzinken, ist uns bekannt ... Es müssen dreihundert Päckchen sein, in jedem hundert Hunderter. Keine fortlaufende Seriennummern. Gesamtgewicht: dreißig Kilo. Die Übergabe erfolgt in einem passenden Koffer.«

»Einverstanden. Aber vor der Übergabe hätten wir gerne ein Foto von Mr. Groote, auf dem er mit einer Zeitung von heute oder besser noch von morgen abgebildet ist.«

»Ein Foto? ... Glaube nicht, daß es da Probleme gibt. Aber ich muß das absprechen.«

Sie legt auf.

Karl Bos ebenfalls.

»Es sieht so aus, als würden sie die Sache mit dem Foto akzeptieren«, sagt Bos und hebt siegesgewiß den Daumen in Richtung van Dongens.

»Das war ein guter Einfall von dir, Jan!« stimmt Victor ihm zu.

Van Dongen lächelt beide an.

»Das hätten wir geschafft.« Bos steht auf und nimmt seine Spitze mit der angezündeten Zigarette, die er auf dem Aschenbecher abgelegt hat. »Packen wir's an. Sie wollen dreihundert Päckchen mit hundert Hundertern, alles muß am 17. bereitstehen.«

Van Dongen nimmt eine Zehndollarnote aus der Brieftasche. Mit einem Lineal vermißt er Länge und Breite. Dann rechnet er. Kaum sichtbar bewegen sich seine Lippen, die Augen zugekniffen. Er teilt den anderen mit: »Wir brauchen einen Koffer, in den etwa ein achtel Kubikmeter hineinpaßt ...«

»Und einen starken Mann«, fügt Bos hinzu, »sie hat gesagt, das Geld wird dreißig Kilo wiegen ...«

»Zu Hause hab' ich ein paar Hanteln«, scherzt Victor und schaut Jan an, »wenn du dich bis dahin fit machen willst.«

33

Ein Mann mit glattem, schwarzem Haar und sehr dichtem Schnurrbart zeigt einen Abschnitt im Foto-Center an der *Calle* 23. Die junge Frau händigt ihm einen Umschlag aus. Er bezahlt und verläßt das Geschäft.

Auf der Fahrt zum Malecon hinunter, nimmt der Mann Perücke und Schnurrbart ab.

»Du sahst prima damit aus, Victor, dich hat bestimmt keiner erkannt«, sagt Alicia und schaut sich die Fotos an.

Victor blickt auf ein Bild und lacht.

»Ist gut geworden, was?«

Am nächsten Tag wird eins dieser Fotos, das der verkleidete Mann abgeholt hat, angeheftet in einem holländischen Paß, der auf den Namen des verstorbenen Hendryck Groote ausgestellt ist, zur Vorlage an der Rezeption des Hotels Triton dienen.

Der falsche Hendryck Groote bekommt die Schlüssel für das Zimmer 306, das zwei Tage zuvor bestellt worden ist.

»Wir wünschen Ihnen einen angenehmen Aufenthalt in unserem Hotel, *señor Groote*«, sagt die Frau an der Rezeption lächelnd.

34

Alicia und Victor haben es beinahe geschafft, die Leiche aufzutauen. Auf einer Liege am Rand des Pools sitzt sie mit dem typischen Yarey-Sombrero auf dem Kopf, der sie vor der Sonne schützt. Victor geht zu ihr hin, betastet das Fleisch an mehreren Stellen, um festzustellen, wieweit das Abtauen fortgeschritten ist. Zehn Meter davon entfernt schaut Alicia ihm zu. Sie trägt einen dampfenden Wasserkübel. Auf Anweisung von Victor beginnt sie, die Leiche mit Schwamm und Seife zu waschen.

»Gib acht, daß du seine Gesichtshaut nicht beschädigst! Er ist noch nicht ganz aufgetaut.«

»Immer noch nicht?« fragte sie erstaunt.

»Noch nicht völlig. Ich glaube aber, das ist sogar besser so. Sonst würde er durch sein eigenes Gewicht zusammensacken. Wir werden ihm ein wenig Make-up verpassen.«

Alicia ist angeekelt. Mit dem Handrücken reibt sie sich die Nase.

»Bald wird er anfangen zu stinken!«

Victor schließt die Augen und neigt den Kopf zur Seite.

»Das glaube ich nicht. Aber darüber müssen wir jetzt nicht weiter reden. Laß uns das schnell hinter uns bringen.«

Nach der Reinigung nimmt Victor die Leiche unter den Achseln, Alicia ergreift sie an den Fußgelenken. Mit großer Anstrengung schaffen sie es, den toten Körper auf die Schubkarre zu packen, die Victor hinter sich herzieht, um ihn nicht ansehen zu müssen, bis er in die Wohnung kommt. Der Kopf der Leiche hängt nach hinten, Alicia stützt ihn ein wenig ab. Sie begreift selbst nicht, was sie da tut.

Es ist nicht einfach, die Leiche anzuziehen, noch schwieriger aber ist es, sie für das Foto in eine überzeugende Stellung zu bringen. Sie setzen sie an einen Tisch, auf dem sie die Zeitung ausgebreitet haben. Den Oberkörper binden sie am Rückenteil des Stuhles fest. Damit der Kopf oben bleibt, befestigen sie einen Teil des kräftigen Nackenhaares mit einer Kordel, die um den Fuß eines Möbelstückes geschlungen wird.

Als Fotohintergrund haben sie ein Bettlaken gespannt, um verräterische Details des Raumes zu verdecken. Die Leiche sitzt nun in bequemer Position. Aber es gelingt ihnen nicht, ihre Augenlider geöffnet zu halten. Als würde die Leiche mit den Augen zwinkern und sich über sie lustig machen. Sie müssen zwischendurch tatsächlich kichern. Jedesmal, wenn sie die Stellung des Körpers wechseln, schneidet der Leichnam Grimassen von makabrer Komik.

Sie versuchen, den Oberkörper nach vorne zu beugen, als würde die Leiche sich auf den Ellbogen stützen und die auf dem Tisch liegende Zeitung lesen.

Auf Anweisung von Victor binden sie die Leiche vom Stuhl ab. Alicia legt sich unter den Tisch. Um die Leiche in der Stellung, die Victor sich ausgedacht hat, zu halten, stützt Alicia mit beiden Füßen deren Bauch ab. Sobald sich jedoch der Oberkörper nach vorne bewegt, fallen die Arme in eine seltsame Position. Mit zwei Besenstielen verhindert Alicia, daß die Arme der Leiche heruntersacken. Nach mehreren Versuchen gelingt es ihr. Victor fotografiert die Leiche von verschiedenen Seiten mit einer motorbetriebenen Kamera, als hätte er ein Maschinengewehr in der Hand. Er sucht den idealen Blickwinkel.

Alicia kann nicht mehr.

»Halt durch, damit ich noch ein paar Bilder schießen kann. Wir brauchen sehr viele, um ein gutes auswählen zu können.«

Unter dem Tisch liegend, in Schweiß gebadet, bemüht sich Alicia mit allen Kräften, die Inszenierung aufrechtzuerhalten.

»Beeil dich, verdammt noch mal, ich kann nicht mehr!«

»Nur noch einen Augenblick«, beharrt Victor, während er ein Foto im Halbprofil macht. »Noch ein letztes. So ist es perfekt. Ich glaube, wir haben's im Kasten …«

Victor hört nicht auf zu reden. Er verstummt erst, als mit lautem Krachen die Leiche, den Tisch vor sich herschiebend, auf Alicia fällt. Sie stößt einen markerschütternden Schrei aus, der das Hinabfallen der Leiche begleitet, dann bricht ein schreckliches Gelächter aus ihr hervor. Sie ist verknäult mit den Gliedmaßen des Kadavers, den Zeitungsseiten und den Besenstielen.

35

Am nächsten Morgen schaut Bos' Sekretärin durch die offenstehende Tür in sein Büro. Als sie van Dongen bei ihrem Chef entdeckt, bleibt sie stehen.

Bos wirft ihr einen fragenden Blick zu. Sie hebt einen Umschlag hoch. Es scheint etwas Wichtiges darin zu sein. Bos winkt sie heran, nimmt den Umschlag, bedankt sich. Die junge Frau verläßt das Büro.

Bos zieht ein Foto heraus und schaut es eine Weile an.

»Unser armer Rieks«, sagt Bos, sein Gesicht völlig erschüttert, die Augen etwas feucht.

Kaum hält Jan das Foto in Händen, schüttelt er den Kopf, spitzt die Lippen und nickt weiter.

»Warum haben sie denn kein Foto von vorne gemacht?« Wieder schüttelt er den Kopf. »Da ist doch irgendwas faul.«

Bos wirft noch ein Blick auf das Foto.

»Wo ist das Problem, Jan?«

Victor kommt herein. Ohne ein Wort zu sagen, reicht Bos ihm das Foto.

»Was denkst du darüber?« fragt ihn Bos angespannt.

»Man kann seine Augen nicht sehen!« insistiert van Dongen. »Das könnte genausogut das Foto einer Leiche sein ...«

»Das sehe ich nicht so, Jan«, erwidert Victor. »Nach so vielen Tagen, wie könnten sie ...«

»Ganz meine Meinung«, unterstützt ihn Bos.

»Frag mich nicht, warum. Tatsache ist, daß dieses Foto mich eher unsicher macht ...«

»Ob sie ihn unter Drogen gesetzt haben?« fragt Victor.

»Vielleicht haben sie sein Gesicht demoliert«, sagt Bos spekulierend.

»Vielleicht noch einfacher: Sie haben ihn bereits umgebracht.«

Victor wehrt ab, schaut van Dongen düster an. Dann nickt er, hebt die Schultern, reißt die Augen auf und blickt mit verdrehter Miene Bos an. Er gibt ihm zu verstehen, daß er Jans Übertreibungen nicht akzeptiert.

Eine uniformierte Serviererin schenkt drei Tassen ein, stellt sie auf ein Tablett und geht zur Rezeption. Sie vernimmt das laute Gelächter von Bos und beginnt selbst zu lachen. Ein zweites, ein drittes dröhnendes Gelächter. Als sie feststellt, daß auch die Rezeptionistin lacht, zwinkern sich die beiden kollegial zu.

Wenn Bos aus ganzem Herzen lacht, erfährt es alle Welt. Seine gute Laune geht durch Türen hindurch, durch Mauerwerk, Holz, selbst Beton, bleibt an den Wänden haften, rollt Flure hinunter. Wenn der Chef fröhlich ist, muß die ganze Welt mitlachen. Denn Karl Bos, dieser 50jährige mit den roten Haaren und hängenden Wangen, verfügt über ein kindliches Lachen mit Widerhall, das ansteckend ist. Unmöglich, bei seinem Lachen ernst zu bleiben.

Als die Serviererin die Tür zum Sitzungsraum öffnet, hört sie auch Victors Lachen, das viel gemäßigter klingt. Mit dem Kaffeetablett in der Hand, sieht sie Jan Dongen, der vor den anderen steht, die auf dem Sofa sitzen.

»Heringe mit Mangosauce? Erzähl nicht so einen Quatsch, Jan, das gibt es doch nicht!«

»Wie sagst du, heißt die Dame?«

»Cornelia.« Van Dongen lacht nicht mit. »Sie ist die ältere Schwester von Rieks Vater. Völlig durchgeknallt. Mit ihrer Kochkunst erschreckt sie regelmäßig ihre Gäste.«

»Hat sie selbst den *Tropical Baltic* erfunden?«

»Ja, sie erzählt ihren Gästen immer, daß sie ihn einmal dem Chef vom Waldorf Astoria zu kosten gab. Der Typ soll angeblich so begeistert davon gewesen sein, daß er sie um das Rezept für seine eigene Speisekarte gebeten habe.«

»Hahaha! Und stimmt das?«

»Ach was! Das entstammt dem mythenerzeugenden Delirium der alten Frau ...«

Ein übertrieben lautes Gelächter macht die Runde.

Der Rothaarige schnappt nach Luft, um weiter zu lachen.

Die Serviererin verläßt in taktvoller Diskretion mit leerem Tablett den Raum. Die Rezeptionistin, die vor Neugier stirbt, fleht sie mit den Augen um eine Erklärung an.

»Was soll ich erzählen? Ich versteh' kein Englisch.«

Im Arbeitszimmer stellt Victor van Dongen die Frage: »Glaubst du, daß Rieks sich an den Namen des Gerichtes erinnert?«

»Klar doch, Vic«, versichert ihm van Dongen. »Du weißt, daß Rieks derartige makabre Scherze liebt. Wenn er seinen zynischen Tag hat, nimmt er sogar Gäste mit, um im Haus der Tante *Tropical Baltic* zu speisen.«

Wieder dröhnt Bos' Lachen durch den Raum. Seine Heiterkeit rötet sein Gesicht. Als er mit dem Kopf schüttelt, fällt ihm eine widerborstige Strähne ins Gesicht.

»Also dann, was schlägst du vor?« fragt Bos, ohne sein Lachen zu unterbrechen, während er seine Brillengläser säubert.

»Ist doch ganz einfach, Karl. Wenn die Entführer morgen anrufen, bitten wir sie, uns den Namen der Tante, der Speise und der Zutaten zu geben. Dürfte doch wohl ein Klacks sein, Rieks danach zu fragen. Das können sie nicht ablehnen.«

Victor nickt mehrmals mit dem Kopf.

»Ganz und gar einverstanden«, stimmt Victor zu, »wenn sie uns richtig antworten, werden wir morgen mit Sicherheit wissen, ob Rieks noch lebt.«

»Eine geniale Idee«, unterstreicht Bos und stößt ein weiteres Gelächter aus.

Es war schon dunkel, als Jan bei der Einfahrt in die Garage seines Hauses einfiel, daß er etwas verwechselt hatte. Das Gericht von Tante Cornelia hieß nicht *Tropical Baltic* sondern *Tropical Boreas.*

Er erinnerte sich dann, daß die Tante auch eine Kabeljausuppe mit ziemlich scharfem Chili erfunden hatte, mit Rum und pürierter Avocado. Sicher schmeckte diese Suppe nicht schlecht genug, daß Rieks anderen damit einen Streich spielen konnte. Jan hatte einmal davon gekostet, die Suppe ließ sich sogar essen, vor allem im Winter. Cornelia hatte diese Suppe *Caribbean Baltic* getauft. Nach zwanzig Jahren in Curaçao, wo sie den Schweden, ihren ergebenen Ehemann, beerdigt hatte, verbrachte sie ihre Tage damit, die glücklichsten Jahre ihres Leben durch diese kontrastreichen, kulinarischen Phantasien heraufzubeschwören.

Selbstverständlich war das Verwechseln von *Baltic* und *Boreas* aufgrund der Ähnlichkeit der beiden Begriffe durchaus einleuchtend. Jan wollte erst Bos und Victor anrufen, um das richtig zu stellen. Doch dann sagte er sich, es sei die Mühe nicht wert.

Er würde ihnen schon morgen früh alles erklären.

36

Der Schnurrbartträger versichert sich, daß ihn niemand sieht, faßt den Türknauf mit einem Tuch an und betritt das Zimmer 306 des Hotels Triton. Er zieht sich OP-Handschuhe an, legt die leichte Jacke ab und hängt sie in den Schrank.

Unter dem Wandspiegel steht ein Tisch, auf dem sich eine Aktenmappe, Papiere, Kugelschreiber und Gläser befinden. Er nimmt Schnurrbart und Perücke ab und legt sie auf den Nachttisch.

Mit dem Handy, das an seiner Taille eingehängt ist, beginnt er zu telefonieren.

»Ich bin bereits hier. Du kannst hochkommen.«

Er geht ins Badezimmer, schaut in den Spiegel und wäscht sich übers Gesicht.

Zurück im Schlafzimmer, blickt er sich um und öffnet die Schranktür. Aus der Mini-Bar, die dort steht, holt er ein Fläschchen Whisky, eine Flasche Mineralwasser und eine Schale mit Eiswürfeln. Aus der Plastikhülle nimmt er ein Glas, macht sich einen Drink mit viel Wasser und trinkt einen langen Schluck.

Dann zündet er sich eine Zigarette an und geht ans Fenster. Er schiebt die Gardine ein wenig zur Seite und schaut nach allen Seiten. Jetzt öffnet er Gardine und Fenster weit und blickt zum Meer hinüber, dessen Wellenspitzen im letzten Abendlicht glitzern.

Es ist der 16. November, der Vorabend der Lösegeldübergabe.

Er ist unruhig, hat sich aber ziemlich gut im Griff.

Seit dem Vormittag hat er dreimal seine Atemübungen zur Selbstbeherrschung durchgeführt, nach der Technik, die ihm ein chinesischer Häftling in Mexiko gezeigt hat.

Als er den zweiten Drink geleert hat, hört er dreifaches Klopfen an der Tür und ein viertes nach einer Pause.

An der Tür nickt ihm Alicia kurz zu.

Auf dem Bettrand streift sie die OP-Handschuhe über und legt die Perücke ab.

Eine halbe Stunde lang gehen sie alle Punkte für diesen und den nächsten Tag durch.

Während er sich wieder in den Schnurrbärtigen verwandelt und seine Jacke anzieht, wiederholt sie ein letztes Mal, welche Aufgaben er noch zu erledigen hat.

Victor lächelt zufrieden und streichelt ihr über die Pobacken. Sie drängt ihm einen langen Kuß auf.

»Verschieben wir es auf morgen. Das wird unser großer Tag.«

»Du hast mir immer noch nicht verraten, was du mit mir machen wirst, wenn wir Millionäre sind.«

»Ich habe große Pläne für dich.«

»Für … uns?«

Victor setzt die Sonnenbrille auf.

»Große Pläne für beide …«

Einige Minuten später lacht auch Alicia über Tante Cornelia und ihre Kochkunst. Victor schaut auf die Uhr.

»In einer Viertelstunde bin ich im Büro. Warte bitte etwas länger. Ich will dort sein, wenn dein Anruf kommt.«

»Das Gericht der Tante Cornelia ist Hering mit Mangosauce. Sie nennt es *Tropical Baltic.* Bereitet alles für morgen vor. Wir werden zwischen zehn und elf anrufen.«

Alicia hat eingehängt.

Bos legt auf und hebt beide Arme zu einer Siegerpose.

»Cornelia, Heringe mit Mangos, *Tropical Baltic,* stimmt alles genau.«

Victor applaudiert.

»Er lebt!«

»Gott sei Dank.« Bos drückt auf den Knopf der internen Sprechanlage. »Laß uns Jan anrufen, damit er sich beruhigt.«

Van Dongen betritt in diesem Augenblick das Büro. Als er von der Nachricht erfährt, bleibt er ernst, nachdenklich.

»Bist du ganz sicher, Karl, daß sie genau das gesagt hat?«

»Kein Zweifel. Cornelia, Heringe mit Mangos, *Tropical Baltic.*«

»Zufrieden, Jan?« Victor klopft ihm auf die Schulter.

»Okay. Ich bin beruhigt«, gibt Jan mit rätselhafter Miene zu verstehen und vermeidet jeden Blickkontakt. »Verzeiht mir bitte«, sagt er plötzlich und verläßt eilig das Büro, als hätte er etwas Wichtiges vergessen.

37

Jan van Dongen hat keineswegs etwas vergessen. Er schließt sich in der Toilette ein, außerordentlich besorgt. In der Kabine versucht er die Beherrschung wieder zu gewinnen. Er will sich nichts anmerken lassen. Vor allem nicht Victor gegenüber.

Er ist ein verdammter Mörder! Was soll ich jetzt unternehmen?

Van Dongen bleibt in der Toilette, bis er spürt, daß sich sein Sonnengeflecht entspannt und er seinen normalen Atemrhythmus wieder erlangt hat. Als er wenig später wieder in geordneten Bahnen denken kann, beginnt er, ein wenig Licht im Dunkel der Fragen zu entdecken, Ungenauigkeiten, über die er noch nachdenken muß, bevor er eine Entscheidung trifft. Er braucht Ruhe dazu, sehr viel Ruhe.

Eine halbe Stunde später fährt er, schon ein wenig entspannter, den Malecon hinunter. Er durchquert den Tunnel der *Avenida Quinta,* parkt kurz darauf an einer dunklen Straße in *Miramar.* Erst jetzt begreift er, wo er ist und wieviel Uhr es ist. Benommen wie ein Schiffbrüchiger ist er gefahren, ziellos, auf der Suche nach Antworten.

Sich vorzustellen, wie Victor Rieks den ersten Schlag versetzt hat, um ihn umzubringen, bringt ihn fast um den Verstand. Während der fünfzehn Minuten auf der Firmentoilette hat er über Möglichkeiten der Rache nachgedacht. Vielleicht sollte er sich sofort an die Polizei wenden, den ganzen Fall zu erklären und um Hilfe gegen Victor nachzusuchen … vielleicht sollte er mit Bos sprechen, um ihm reinen Wein einzuschenken … oder Vincent anrufen … Diese Idee hat er sofort wieder verworfen. Irgend etwas hat ihn dazu gebracht, sein Mißtrauen vorläufig zu verdrängen. Die Zeit wird kommen, um mit Victor abzurechnen.

Er kam um 19 Uhr nach Einbruch der Dunkelheit zu Hause an. Carmen hatte die ganze Woche über Nachtschicht. Er nahm ein Bad, trank einen Kaffee, schenkte sich einen Gin ein und setzte sich mit seinem *notebook* an den Eßtisch.

Um zwanzig vor zehn stand er auf, völlig davon überzeugt, daß Victor Rieks nicht absichtlich umgebracht hatte. Diese Entführung paßte keineswegs zu Victors ökonomischen Interessen. Im Gegenteil. Rieks' Tod schadete ihm. Ab Januar oder spätestens Februar hätte Victors Vertrag begonnen, mit dem er anderthalb Millionen per annum verdiente, was ausschließlich Rieks zu verdanken war. Er war das Huhn mit den goldenen Eiern. Völlig unlogisch, daß er die Entführung geplant hätte, um das zu verdienen, was er auf ganz legale Weise sowieso alle zwei Jahre auf sein Konto bekommen hätte. Und das immerhin mit einer Arbeit, der Victors größte Leidenschaft galt.

Außerdem mußte Victor wissen, daß Vincent Groote ihn nach dem Tode von Rieks sofort feuern würde. Nein, es war völlig undenkbar, daß Victor daran gedacht hatte, Rieks umzubringen.

Was Bos anging, der auch die Geschichte mit dem *Tropical Baltic* kannte, den konnte er sich beim besten Willen nicht als Komplize bei Mord und Entführung vorstellen. Dieses 50jährige Riesenbaby, dem es an Bosheit und Phantasie mangelte, mit der Mentalität eines Buchhalters, den taktlosen Witzen und seiner unschuldigen Seele war unfähig, auch nur einen Cent zu stibitzen, geschweige denn, einer Fliege etwas zuleide zu tun.

Das einzig Logische war, daß Victor ohne jeden Vorsatz getötet hatte. Vielleicht ein Streit in Liebesdingen. Oder Rieks hatte sich durch Alkohol- oder Drogenexzesse oder durch Mißbrauch von Barbituraten vergiftet. Oder wie damals in London, als er nach einer Vergiftung durch den Genuß von Meeresfrüchten in ein Koma fiel, weil sein Organismus diese nicht absorbieren konnte. Oder ein anderer unvorstellbarer Unfall. Es schien ihm nur logisch zu sein, daß ein völlig verzweifelter Victor, der genau wußte, daß ohne Rieks eine brillante Zukunft für ihn ausgeschlossen war, beschlossen hatte, etwas bei dieser Katastrophe zu retten. Und dies durch eine angebliche Entführung.

Besonders gefährlich war, daß er eine Komplizin hatte. Vielleicht war sie seine Geliebte. Vielleicht hatte sich Rieks auch betrogen gefühlt und war auf Victor losgegangen, und dieser hatte ihn in Notwehr getötet. Es war nicht gerecht, ihm Vorsatz oder Willkür zu unterstellen. Davon war Jan überzeugt.

Er tippte alle Entscheidungen, die er an diesem Abend traf, in seinen Mini-Computer. Erstens und zweitens: Er würde abwarten, bis er genau wußte, ob Rieks tot war, wovon er allerdings ausging. Das Ergebnis der Autopsie würde er schnell erfahren. Er brauchte genaue Details der Todesursache. Drittens: Er würde die Übergabe des Lösegelds durchführen, um das Verhalten von Victors Komplizin aus nächster Nähe zu verfolgen. Viertens: Das Geld der Familie Groote, die ihm immer feindlich gesonnen war, wollte er unter keinen Umständen retten. Die Witwe, Christina, bedauerte er zwar, sie war kein schlechter Mensch und hatte ihm sogar manchmal Zuneigung entgegengebracht. Aber sie würde von der Versicherung zehn Millionen bekommen. Ökonomisch gesehen würde sie nur gewinnen.

Fünftens: Auch wenn es offensichtlich war, daß Victor aus der Leiche Kapital schlagen wollte, würde Jan ihn nicht anzeigen. Er konnte ihn verstehen. An seiner Stelle hätte er selbst etwas Ähnliches getan. Ohne jegliche Gewissensbisse.

Aber er war ganz sicher, daß Victor kein hinterhältiger Mörder war noch ein Verrückter, der gegen seine eigenen Interessen handelte. Jan kannte Rieks viel zu genau. Er wußte, wie jähzornig er werden konnte, wenn er seine grenzenlosen Eifersuchtsanfälle bekam. Wie hysterisch er werden konnte. Wie maßlos krankhaft seine Verdächtigungen waren.

Sollte er andererseits nach Abschluß der polizeilichen Untersuchungen zu der Gewißheit gelangen, daß Victor tatsächlich ein Mörder war, würde er noch genügend Zeit haben, ihn vor Gericht zu bringen oder im Namen von Rieks persönlich mit ihm abrechnen.

38

An diesem Morgen betritt Victor Punkt 7 Uhr 30 mit Perücke und Schnurrbart das Hotel Triton. Er zieht einen weißen Koffer auf einem zweirädrigen Rollwagen hinter sich her. Im Koffer befinden sich zwei schiefe Betonquader, die je 25 Kilo wiegen. Ein Page hilft ihm, ein schwarzes Leinen-Futteral zu tragen, das zwei Meter lang ist und einen Durchmesser von fünfzig Zentimetern hat.

In miserablem Spanisch bittet Victor den Pagen, das Futteral vorsichtig zu behandeln, darin befänden sich ein Theodolit und andere optische Geräte zur Landvermessung.

Alicia kommt wie verabredet um acht Uhr.

Victor erklärt, daß der orangefarbene Koffer, in dem van Dongen das Lösegeld bringen wird, problemlos in dem weißen Koffer verschwinden kann. Victor hat beide vermessen, der eine geht bequem in den anderen Koffer hinein.

Sie ziehen sich die OP-Handschuhe an und beginnen, die Angel zusammenzubauen, die sich in dem schwarzen Leinenfutteral befindet.

Um acht Uhr zwanzig hat Victor die sechs Teile einer metallischen Plattform zusammengeschraubt, die er am Balkonfenster anbringt. Auf der Plattform befindet sich eine etwa vierzig Zentimeter lange Inox-Stahlröhre. Victor steckt die Angel in dieses Rohr. Sie besteht aus Kunststoff, imitiertem Holz, und kann jedes Gewicht unter hundert Kilo transportieren, ohne dabei eine

U-Form zu erlangen. Er fixiert die Angel mit einer Sicherheitsschraube und steckt die Seilrolle daran.

Aus dem großen, weißen Koffer nimmt Victor die beiden Zementblöcke. Alicia schaut ihm erstaunt zu. Er stellt die beiden Blöcke auf den hinteren Teil der Metallplattform, einen über den anderen, darüber ein Kopfkissen.

»Wofür ist das gut?«

»Ich müßte sonst die Plattform am Boden festschrauben«, sagt Victor vor Anstrengung keuchend, »doch das kann ich hier nicht machen. Im Zimmer drunter würde man es mitkriegen. Alles halb so schlimm. Diese beiden Blöcke plus deinem Gewicht reichen als Beschwerung aus. Komm setzt dich drauf und probier es mal.«

Alicia steigt auf die Plattform, nimmt auf dem Kopfkissen Platz und rollt das Angelseil aus. Victor bedeutet ihr lächelnd, nachdem er eine Zigarette angezündet hat, daß alles nach Plan verlaufe. Doch Alicia hat noch Bedenken.

»Du bist sicher, daß dieses Ding dreißig Kilo heben kann?«

»Verdammt, Alicia, mit so einer Ausrüstung gehe ich seit zwanzig Jahren fischen. Die Angel und das Nylonseil schaffen Viecher bis zu achtzig Kilo. Dreißig Kilo sind für diese Ausrüstung ein Kinderspiel ... Das Gegengewicht, das du und die Betonblöcke bilden, beträgt hundertzehn Kilo.«

Wieder läßt Alicia die Seilrolle surren.

Victor sucht etwas. Er öffnet den Schrank und reißt mit heftigem Ruck die Mini-Bar heraus, schiebt sie bis in die Zimmermitte und kippt den Inhalt auf den Boden.

»Paß mal auf, dieses Scheißding hier wiegt etwa vierzig Kilo.«

Er nimmt das Angelseil, windet es seemännisch um den Kühlschrank und macht zwei Schiebeknoten. Alicia beobachtet ihn interessiert.

»Mach schon, versuch's mal!«

Alicia dreht an der Seilrolle, ohne sich dabei anzustrengen. Als sie sieht, daß der Kühlschrank zu schweben beginnt, preßt sie eine Hand auf den Mund, völlig überrascht, daß sie so ein Gewicht mit dieser Leichtigkeit bewegen kann, fast einen halben Meter über den Boden.

»Bist du nun überzeugt? Dann paß genau auf. Wenn du den Geldkoffer hochgezogen hast, legst du ihn sofort in den weißen, bindest ihn auf den Rollwagen und dann baust du die ganze Vorrichtung wieder ab. Du brauchst dich nicht zu beeilen. In fünf bis sieben Minuten stehst du am Fahrstuhl, kein Problem. Wichtig ist nur, daß du gelassen und ruhig operierst.«

Alicia nickt, schaut aber mißtrauisch auf die Betonblöcke.

»Und wenn sie die Betonklötze hier finden, was dann?«

»Nichts. Sie werden aufgrund des Reisepasses, den ich vorgewiesen habe, herausfinden, daß das Zimmer von einem Hendryck Groote angemietet wurde. Die Polizei wird davon ausgehen, daß die Entführer seinen Paß benutzt haben, um das Zimmer auf seinen Namen zu mieten. Und da der arme Rieks ihnen nichts mehr erzählen kann ...«

»Was passiert, wenn ein Hotelangestellter das schwarze Futteral deiner Angelausrüstung wiedererkennt? Das gehört doch dir, oder?«

»Richtig. Aber das Futteral war früher grün und nicht schwarz, hatte ein paar Namen und das Zeichen eines gelben Delphins drauf. Ich werde es später zu Hause verbrennen.«

»Du bist ein satanisches Genie«, lobt sie ihn. Dennoch bleibt sie nervös. »wie schwer ist denn die Angelausrüstung?«

»Fast acht Kilo.«

»Dreißig Kilo des Koffers plus acht Kilo der Anlage auf diesem zerbrechlichen Rollwägelchen ... das wird bestimmt zu schwer für mich sein.«

»Das ist überhaupt nicht zerbrechlich, das sind Stahlröhren.«

Victor stellt sich auf den Rollwagen und hält sich am oberen Griff fest, er geht auf die Knie und sagt auffordernd: »Wenn du mir nicht glaubst, ich wiege sogar achtzig Kilo, versuch's mit mir.«

Anfangs hat Alicia etwas Mühe, den Rollwagen in Bewegung zu setzen. Als es ihr gelingt, streichelt Victor ihre Beine.

Trotz der Liebkosungen und des Kitzelns kann Alicia ihn tatsächlich fast spielerisch durchs Zimmer ziehen.

Aus einer automatischen Zählmaschine holt Karl Bos das letzte Geldbündel und reicht es Victor. Der legt es in eine andere Maschine, die den Bündeln Banderolen aus durchsichtigem Plastik anlegt. Die Banderole haftet zusammen, ohne die Scheine zu verkleben. Alle fünf Zentimeter stempelt die Maschine eine Nummer und die Abkürzung ABN-AMRO in ein blaues Oval.

»Zähl mal die Anzahl der Bündel nach«, sagt Bos.

»Das ist nicht notwendig, Karl. Das zeigt automatisch die Banderole an. Die letzten vier Bündel tragen die Nummer 297, 298, 299 und 300. Dreihundert Bündel zu zehntausend Dollar, also drei Millionen. Ein Fehler ist ausgeschlossen.«

Victor nimmt ein Bündel und biegt es wie ein Kartenblatt, läßt es los und spürt, wie ihm die Scheine durch die Finge gleiten. Er wirft es mit übertriebener Gestik auf den Haufen der anderen Bündel. Um ihm an Eleganz in nichts nachzustehen, nimmt van Dongen eine rote Rose aus der Vase auf dem kleinen Tischchen und wirft sie mit gleicher Geste auf den Geldhaufen.

Bos schaut ihn mißbilligend an, als wolle er ihm diesen makabren Scherz vorwerfen.

»Was soll das, Jan?«

»Das ist für die Entführerin mit der sensiblen Stimme«, lächelt van Dongen.

Victor lacht über diese Bemerkung.

Als sie den Koffer verschlossen haben, zieht Victor ihn an der Schlaufe über das Parkett.

»Geht prima, ganz bequem so. Die kleinen Rädchen sind sehr solide ... Damit hast du keinerlei Schwierigkeiten.«

»Endlich sind wir fertig«, sagt Bos müde.

Van Dongen schaut auf seine Uhr. Bos stellt den Koffer in den großen Tresor und schließt sorgsam ab.

»Der Anruf muß jeden Augenblick kommen. *Shit!* Bin froh, wenn dieser Alptraum endlich vorbei ist.«

39

17. November, 10 Uhr vormittags

Ein Telefon klingelt. Die Rezeptionistin nimmt ab. »Groote International, guten Morgen. *Yes, just a moment please.*«

Die junge Frau drückt auf die Gegensprechanlage.

»*Mr. Bos, there is a call for you from Miss Myriam.*«

Karl Bos hebt die Brauen. Victor sieht ihn erwartungsvoll an. Jan raucht, er schaut dabei in die Gegend und dreht sich nicht einmal um.

»*Hello? Yes … yes … I unterstand, yes* (er kritzelt etwas auf ein Stück Papier) *okay, we'll be there in a few minutes, but …*«

Als er ihr den Wunsch mitteilt, van Dongen in einem zweiten Wagen folgen zu wollen, sagt sie zu seiner völligen Überraschung zu.

»*No problem.*«

Bos legt den Hörer auf, springt auf, ziemlich erregt. Er blickt auf sein Gekritzel.

»Wie wird die Übergabe vonstatten gehen?« fragt Victor.

»Sehr einfach, ich werde es euch gleich erklären.«

Bos geht in die Ecke des Zimmers, duckt sich, wählt einen Zahlencode, öffnet die Tresortür und holt den Koffer hervor. Victor will ihm helfen, den Koffer an der Schlaufe zu packen. Der Koffer rollt leicht über das Parkett des Büros.

Die beiden Männer gehen hintereinander über den

Flur mit den polierten Fließen bis zum Fahrstuhl. Während sie auf ihn warten, erzählt Bos, was er schon viel zu lange für sich behalten hat.

»Sie akzeptieren, daß wir in zwei Wagen kommen, unter der Bedingung, daß du allein im ersten fährst.« Er legt van Dongen die Hand auf die Brust. »Du mußt in zwanzig Minuten mit dem Koffer in der Lobby des Hotels Triton erscheinen. An der Rezeption liegt ein Umschlag auf deinen Namen.«

»Besser wir gehen durch den Kellerausgang«, schlägt Victor vor, dann drückt er auf den Knopf für den Aufzug.

»Okay, let's go!«

(10 Uhr 05)

Alicia verläßt das Hotel durch den Haupteingang und geht durch ein Spalier zum Swimmingpool … Sie ist wieder die pummelige Amerikanerin, trägt ein Kopftuch. Unvermittelt bleibt sie stehen, wirft einen diskreten Blick nach oben, dann zurück, als würde sie die Entfernung abschätzen. Aus ihrer Tasche holt sie eine Zigarettenschachtel heraus und läßt zugleich eine Tube mit roter Farbe zu Boden fallen. Sie kniet sich hin, um die Tube aufzuheben, dabei zeichnet sie auf dem Boden schnell einen roten Kreis von etwa fünfzehn Zentimeter Durchmesser.

(10 Uhr 20)

Victor sitzt am Steuer, neben ihm Karl Bos. Vor ihnen fährt van Dongens Wagen, der zwischen zwei Autos einparkt. Victor stellt seinen Chevrolet in eine Parklücke parallel zu van Dongens Auto. Zwischen ihnen sind zwei weitere Fahrzeuge. Von dieser Stelle haben sie eine hervorragende Sicht auf das ganze Hotel. Sie sehen van Dongen aussteigen, zum Kofferraum gehen und ihn öffnen. Auch Alicia sieht ihn aus ihrem Fenster durch ein Fernglas. Ein uniformierter Page eilt zu van Dongen, um ihm mit dem schweren Koffer zu helfen.

Als Jan und der Page die Treppen zur Lobby hinaufgehen, wirft Alicia das Fernglas aufs Bett und macht sich daran, ihren Teil des Plans zu erfüllen.

(10 Uhr 27)

Jan van Dongen und der Page gehen zur Rezeption. Nach kurzem Warten werden sie von einer jungen Frau bedient.

»Ich heiße van Dongen. Man sagte mir, es läge eine Mitteilung für mich vor.«

Sie sucht in einem Ordner.

»Van Dongen … ja, bitte, *señor.*«

Sie gibt ihm einen zugeklebten Umschlag. Van Dongen nimmt ihn entgegen und entfernt sich ein paar Schritte von der Lobby. Im Umschlag findet er eine Mitteilung:

> Gehen Sie durch den Duty Free Shop und verlassen Sie das Hotelgebäude. Nehmen sie das rechte Spalier in Richtung Swimmingpool. Von der Herrentoilette an beginnen Sie die Fliesen zu zählen. Bleiben Sie bei der Fliese Nr. 26 stehen. Dort finden Sie einen roten Kreis. Warten Sie dort. Nach kurzer Zeit wird ein Schild Ihnen zeigen, wie es weitergehen soll.

(10 Uhr 31)

Von ihrem Wagen aus sehen Victor und Bos, wie van Dongen aus dem Duty-Free-Shop heraustritt, er biegt nach rechts und schaut dauernd auf den Boden. Den Rollkoffer zieht er an der Schlaufe hinter sich her. Sie verfolgen, wie er stehenbleibt. Victor kaut an den Fingernägeln.

Karl Bos ist völlig konsterniert, als plötzlich aus dem dritten Stock ein Schild heruntergelassen wird, das vor van Dongen baumelt.

»Sieh mal da, das Schild … Also stecken diese Hurensöhne da oben«, er zeigt mit dem Finger nach oben, »das Schild kommt aus diesem Fenster im dritten Stock. Siehst du es.«

Victor schaut hinüber. Ihm stockt der Atem.

Bos schimpft. Seine Nasenspitze ist gerötet. Er hat den feuchten Zigarrenstummel, der in seinem Mundwinkel hängt, vor Aufregung zerkaut.

(10 Uhr 32)

Beim Anblick der Mitteilung in Augenhöhe durchfährt ihn ein leichtes Schaudern. Auf weißem Grund steht mit breiten schwarzen Buchstaben geschrieben:

HÄNGEN SIE DEN KOFFER AN DIESEN HAKEN
UND VERSCHWINDEN SIE AUF DEM GLEICHEN WEG
DEN SIE GEKOMMEN SIND OHNE SICH UMZUDREHEN

Van Dongen hängt den Koffer an den großen Haken, an dem das Schild baumelt. Er kehrt um und entfernt sich in Richtung des Hotels. Der Koffer schwebt zum dritten Stock hinauf.

Einige Touristen am Swimmingpool schauen dem Spektakel neugierig zu.

Victor kaut wieder an den Fingernägeln.

Bos, bestürzt und sprachlos, verfolgt das Ende des Manövers. Durch das Fenster streckt sich eine Hand heraus, um die Schlaufe des Koffers zu ergreifen und ihn ins Zimmer zu ziehen.

(10 Uhr 34)

Alicia nimmt den Koffer, stellt ihn auf dem Boden ab, dann läßt sie ihn in dem weißen Koffer verschwinden, den sie auf den Rollwagen wuchtet. Mit einem gelben Elastikband, das an beiden Enden mit einem Verschlußhaken versehen ist, bindet sie den Koffer an den Wagen.

Sie baut das Angelgerät ab und steckt es ins Futteral. Entsprechend Victors Anweisung läßt sie Plattform und Betonblöcke zurück, die für sie zu schwer wären.

Ohne gestört zu werden, begibt sie sich durch den Flur zum Fahrstuhl, wo zwei Personen warten. In der Verkleidung der pummeligen Gringa bewegt sich Alicia äußerst gelassen.

Van Dongen muß kotzen und verschwindet in der Toilette. Als er durch die Lobby zum Ausgang geht, entdeckt Alicia seinen Riesenzinken sofort. Mit erstaunlicher Selbstsicherheit, geschützt durch ihre Verkleidung, bleibt sie stehen und zündet sich eine Zigarette an, während sie ihn durch den Haupteingang in Richtung Parkplatz verschwinden sieht.

Sie beobachtet, wie er mit schweren Schritten auf Victors Wagen zugeht.

»Mir ist übel«, sagt er am Seitenfenster zu Bos und hält sich die Hand an die Stirn. Er sieht ziemlich blaß aus.

»Geh lieber eine Weile nach Hause«, schlägt Bos ihm vor. »Soll ich dich hinbringen?«

»Nein, so schlimm ist es nicht. Ich brauche ein Beruhigungsmittel und will mich ein bißchen ausruhen. Wir sehen uns am frühen Nachmittag im Büro.«

(10 Uhr 42)

Alicia steigt vor dem Haus ihrer Mutter aus dem Taxi. Der Chauffeur ist ihr dabei behilflich, den Koffer zu tragen. Sie hat die Verkleidung bereits abgelegt.

Margarita öffnet die Tür. Der Taxifahrer stellt den Koffer am Hauseingang ab. Alicia gibt ihm ein Trinkgeld und begibt sich in die Wohnung. Als sie den Koffer hineintragen will, um die Tür zu schließen, muß sie zwei Stufen hochgehen. Um den Koffer hochzuwuchten, muß sie sich sehr anstrengen. Margarita schaut sie beunruhigt an.

»Woher stammt dieser schwere Koffer? Was ist da drin, Kleines?«

Alicia ist auf diese Frage vorbereitet und hat schon eine Antwort parat. Aber sie läßt sich ein wenig Zeit.

Erst zündet sie sich eine Zigarette an, setzt sich auf einen Hocker, stellt einen Fuß auf den Koffer und kreuzt die Beine.

Zufrieden und herausfordernd schaut sie ihrer Mutter ins Gesicht: »Was glaubst du wohl, was da drin ist?«

In Margaritas Augen bleibt eine stumme Unruhe.

»Keine Ahnung. Nun sag es endlich, Kleines ...«

»Du glaubst es mir doch nicht … Rate mal!« Alicia lächelt siegesgewiß.

Mit fester Stimme landet Margarita einen Volltreffer: »Drei Millionen Dollar?«

Nun gibt sich Alicia überrascht: »Genau, Mami! Aber … Wie kannst du das wissen? Woher weißt du so genau …«

»Alicia, ich kenn' dich lange genug, konnte es mir denken. Ich wußte, daß du mir nichts erzählen würdest, um mich nicht zu belasten.«

Alicia umarmt ihre Mutter, tanzt mit ihr hin und her, wirbelt sie herum, ohne sie loszulassen …

»Wir haben es geschafft, Mami, die Sache ist gelaufen.« Sie beugt sich hinunter, um den Koffer zu öffnen, während Margarita die Tür verschließt und die Jalousien zum Garten herunterläßt.

Beim Anblick der hundert Dollarbündel, die den Koffer restlos ausfüllen, muß Alicia voller Zufriedenheit lachen. Sie will ein Bündel herausnehmen, aber sie entdeckt eine rote Rose, die darauf liegt. Sie nimmt sie hoch, um daran zu riechen. Alicia strahlt. Victors Rose ist eine feine und originelle Geste.

»Nicht hier im Wohnzimmer, Kleines. Mach den Koffer wieder zu. Das macht mich ganz fahrig.«

Es klopft an der Tür.

»Was hab' ich dir gesagt?« flüstert Margarita. »Mach ihn zu und versteck ihn schnell.«

Während Alicia den Koffer auf die Rädchen rollt und ihn unter der Treppe in einem Abstellraum verschwinden läßt, spioniert Margarita durchs Fenster.

»Das ist Leonor. Ständig kommt sie ungebeten herein«, bemerkt sie leise und öffnet die Tür einen Spalt. »Was ist Leo …«

»Nichts. Ich habe nur Alicia reinkommen sehen, und da wir solange nicht miteinander gequatscht haben, dachte ich mir …«

Alicia beschließt, Leonor gegenüberzutreten, und begibt sich an die Tür.

»Sei mir nicht böse, Mädchen, aber komm ein andermal … Ich will nur schnell in die Wanne und muß sofort wieder abhauen.«

Fünf Minuten später ist Alicia auf dem Weg zum Badezimmer, sie hat ein Handtuch um die Schultern gewickelt. Der Einfall mit der Rose geht ihr nicht aus dem Kopf, und sie spricht mit Margarita darüber.

»Also, das muß man Victor lassen, er hat manchmal ein bezauberndes Wesen …«

Eingeseift und mit geschlossenen Augen steht sie träumend unter der Dusche. Margarita kommt herein. Sie zieht den Duschvorhang zurück und reicht Alicia ein schnurloses Telefon.

»Verzeih mir, Kleines, das ist Victor. Er sagt, es sei dringend.«

Alicia tritt aus der Dusche, dreht den Hahn ab, trocknet sich die Hände und nimmt das Handy.

»Ja, was ist … Klar doch, wunderbar, schön grün, alle auf einem Haufen, göttlich … Wie bitte? Ja, ja, warum soll ich das abstreiten, nichts liebe ich mehr auf der Welt.«

Sie hört eine Weile zu, dann lacht sie hell auf.

»Am meisten hat mir die Blume gefallen, die du obendrauf gelegt hast …«

Die Antwort, die sie zu hören bekommt, enttäuscht sie.

»Was sagst du, die Riesennase? Mensch, wie aufmerksam! Ich hatte die Hoffnung, sie stamme von dir.

Wie bitte? Okay. Ich dusche noch kurz und gehe dann anrufen.«

(11 Uhr 05)

Nachdem sie im Bademantel ein Brötchen gegessen und ein Glas Milch getrunken hat, zieht sich Alicia Jeans und Pulli an. Sie macht sich auf den Weg zur *Calle 42.* Von dort ruft sie GROOTE INTERNATIONAL INC. an.

In ihrem nasalen Englisch meldet sie sich wieder als Myriam und bittet darum, Mr. Karl Bos sprechen zu dürfen, den sie wissen läßt, daß das Geld eingetroffen und alles in bester Ordnung sei. Bezüglich der Freilassung des Entführten solle er auf einen Anruf am Abend warten, allerdings nicht in seinem Büro. Man werde ihn zu Hause anrufen oder bei van Dongen oder bei Victor King. Dabei werde mitgeteilt werden, wo sie Mr. Groote übernehmen können.

Bos protestiert wegen der zeitlichen Verzögerung, doch Myriam erklärt ihm, daß für die Sicherheit der Entführer der Transport von Groote vom Ort seiner Gefangenschaft bis zu einem öffentlichen Treffpunkt auf jeden Fall nur in der Nacht geschehen könne.

Ohne weitere Erklärungen legt sie auf.

Victor hatte sie um diesen Anruf gebeten, weil er einen Anlaß brauchte, um das Büro verlassen zu können. Wenn Groote nicht bis zum Abend auf freiem Fuß war, leuchtete es ein, daß auch Victor vorgeben konnte, völlig erschöpft und für den Rest des Tages nicht im Büro anwesend sein zu müssen. Auf keinen Fall wollte er van Dongen und Bos gegenüber wachsende Beklemmung und Aufregung simulieren, die die beiden unweigerlich verspüren würden, wenn die Stunden vergingen, ohne daß man eine Nachricht von Groote hatte.

(12 Uhr 50)

Ein tropischer Regen geht auf Havanna nieder. Alicia wartet an ihrer Haustür. Sie hat einen Regenschirm bei sich, der Koffer steht auf dem Steinfußboden des Vorflurs.

Während Victor seinen Chevrolet parkt, öffnet sie den Regenschirm. Er steigt schnell aus, nimmt den Koffer und stellt ihn auf die Rückbank. Als er wieder hinter dem Steuer sitzt, hat Alicia bereits neben ihm Platz genommen. Sie fahren einige Sekunden schweigend. An der *Avenida Primera* hält Victor am Straßenrand an, lacht voller Stolz und hält ihr die beiden Innenflächen seiner Hände hin. Sie klatscht ihre Hände dagegen. Auch sie lacht. Er pfeift wie ein *winner* und umarmt sie. Alicia kuschelt sich an seine Brust.

»Huhui!« Victor schüttelt beide Fäuste in der Luft. »Wir haben gewonnen, verfickt noch mal. Mit diesen Millionen wird uns niemand mehr ficken …«

Sie läßt sich von seiner Begeisterung anstecken und macht sich über seine mexikanische Ausdrucksweise lustig.

»Dein Wort spricht Wahrheit, *cuate* …« Sie küßt ihn voller Leidenschaft, umarmt ihn, begierig nach sofortiger Befriedigung …

Er schiebt sie sacht zurück.

»Nicht jetzt, Alicia. Zuerst müssen wir uns darüber ein wenig unterhalten, in welcher Weise wir ihn loswerden wollen … ich meine den … ich meine den …«

»Versteh schon, Junge, das Bündel«, sagt Alicia, die ihre Begierde zurückstellt, Frisur und Kleidung richtet. »Also gut, wie sieht der Plan aus?«

»Wir müssen ihn loswerden, bevor sie sein Verschwinden melden und die Polizei einschalten ... Am besten, wir machen es jetzt sofort ...«

»Gleich heute?«

»So ist es. Sobald es dunkel wird ...«

(13 Uhr 15)

In Siboney schleppt Victor den Koffer aus dem Wagen und stellt ihn in die Mitte des Wohnzimmers. Er öffnet ihn, seine Augen blitzen gierig. Wie Alicia muß er lächeln, als er die Blume entdeckt. Er riecht an ihr.

»Sie ist für dich ... Ich dachte, du hättest sie zu Hause gelassen.«

Alicia nimmt die Rose und blickt sie desillusioniert an.

»Es hätte mich gefreut, wenn sie von dir gekommen wäre ...«

Victor schließt den Koffer. Er hat begriffen.

»Das ist nicht der richtige Augenblick, um romantisch zu werden. Wir haben noch viel zu erledigen.« Er schiebt den Koffer in einen Schrank, sie steckt sich die Blume übers Ohr. Victor geht mit ihr ins Arbeitszimmer, wo sein Computer steht, den er sofort einschaltet. Er klickt sich ein und beginnt zu lesen.

»Das Vordringlichste ist nun, die Leiche loszuwerden. Zweitens: Das Geld muß an einen sicheren Ort gebracht werden, bis zu dem Zeitpunkt, wo es möglich ist, das Geld zu benutzen oder es außer Landes zu schaffen.«

»Der beste Ort, um die Leiche zu verbuddeln, ist der Hof unseres Hauses. Ich hab' schon mit Mami gesprochen …«

»Bist du blöd oder völlig wahnsinnig geworden?« Victor gestikuliert mit den Händen und schaut sie beunruhigt an. »Wie konntest du nur deine Mutter einweihen …?«

»Stell dich nicht so an, Junge! Klar hab' ich sie eingeweiht. Erstens muß ich mir den Rücken freihalten …«

Victor schlägt mit der Faust an die Wand und schreit: »Den Rücken freihalten von wem?«

»Von dir, verdammt, von dir! Und jetzt krieg dich wieder ein und laß das Geschreie … Nur zu deiner Information: wenn es darum geht, ein Geheimnis zu bewahren, da traue ich meiner Mutter mehr als mir selbst.«

Die Diskussion geht fast über eine halbe Stunde. Dann läßt Victors Zorn nach. Er hält es nach wie vor für eine Dummheit, was Alicia getan hat, doch er muß sich schließlich davon überzeugen, daß es nichts bringen würde, die Diskussion fortzusetzen.

»Na gut, was soll's!« gibt er nach, »geschehen ist geschehen, auf jeden Fall finde ich den anderen Ort in der Nähe des Zoologischen Gartens, den du mir mal gezeigt hast, besser als den Hof deiner Mutter.«

Vor etwa vier Jahren, bevor Alicia das Pedalieren entdeckte, hatte sie eine kleine Liaison mit einem hohen Kader, einem verheirateten Mann, der es ausgezeichnet verstand, seine Liebesspiele zu vertuschen. Sie kamen mehrmals zusammen, immer in einem Auto mit privatem Nummernschild, das der Mann an der immer gleichen Stelle parkte. *Calle 38* von *Nuevo Vedado,* eine Parallelstraße zu der Allee, die den Zoologischen Garten mit dem *Bosgue de la Havana* verbindet. Neben dem tiefen Graben im dortigen Gelände hatte Alicia eine Militärkaserne mit Schützengräben entdeckt. Als sie Anfang des Jahres dort zufällig wieder vorbeikam, sah sie, daß die Kaserne abgerissen worden war. Auch der Stacheldraht und die vielen Büsche, die den Zugang einst versperrten und ein Hineinschauen unmöglich machen sollten, waren verschwunden. Schaufelbagger und Planierraupen standen da, die Sand und Erde abtransportierten. Offensichtlich sollte dort gebaut werden. Am oberen Ende der *Calle 38* stehen nur wenige Häuser, nur ein einziges noch im Bau befindliches mehrstöckiges Gebäude. Auf den letzten vierhundert Metern, wenn die Straße eine Haarnadelkurve um den Fluß *Almendares* macht, wird sie links von einer Felsenklippe eingeengt, während rechts der tiefe Graben beginnt. Nachdem die Kaserne verschwunden ist und keine Häuser auf der anderen Seite stehen, stellt dieser Ort einen idealen Platz für geheime Liebestreffs dar, aber natürlich auch, um eine Leiche loszuwerden. Kaum hatte Alicia ihm diesen Ort vorgeschlagen, fuhr Victor dorthin und fand ihn sehr brauchbar.

»Okay, einverstanden. Laß es uns angehen.« Sie war bereit.

»Wir müssen ihn erst wieder auftauen.«

»Wieso denn das?«

»Damit wir ihn ein wenig schminken, anziehen und auf den Rücksitz des Wagens setzen können. Du wirst neben ihm sitzen und kannst so tun, als würdest du mit ihm ...«

Alicia würgt. »Das kannst du vergessen, Victor. Ich bring' es nicht mehr fertig, diese Leiche noch einmal anzufassen. Warum stecken wir ihn nicht in einen Sack, so wie er aussieht, und schaffen ihn im Kofferraum weg?«

Victor preßt die Lippen zusammen, schaut sie an, beugt den Kopf nach vorne, nachdenklich. Er hat Zweifel.

(17 Uhr 30)

Ein Peugeot fährt in die Garage. Als sich das automatische Tor schließt, steigt der schnurrbärtige Victor aus. Er nimmt die Perücke ab, holt einige Papiere und gibt sie Alicia.

»Nimm sie an dich. Bewahr du sie auf. Das sind die Unterlagen der Autovermietung.«

Victor reißt sich den Schnurrbart ab. Alicia faltet die Papiere zusammen und sagt: »Die Leiche war wieder am Boden der Tiefkühltruhe festgepappt. Ich mußte den Strom abschalten und ihn mit warmem Wasser übergießen.«

Sie gehen in die Küche. Auf dem Tisch stehen die Lebensmittel aus dem *freezer.* Victor öffnet die Kühltruhe, während sie ein paar Doppelbettlaken auf dem Boden ausbreitet. Sie kippen den *freezer* auf die Seite. Die Leiche flutscht in fötaler Stellung auf den Boden. Victor trocknet sie mit einem Handtuch ab. Alicia verzieht das Gesicht. Victor legt den toten Körper auf die Bettlaken, wickelt ihn ein und macht zwei Doppelknoten, an Kopf und Füßen. Gemeinsam schleppen sie die Leiche bis zur Garage, Victor vorne am Kopf, Alicia hinten an den Füßen.

(19 Uhr 10)

Alicias Mutter öffnet die Tür. Ein Mann begrüßt sie grinsend. Ein gutaussehender, dunkelblonder 40jähriger.

»Fernando! Was machst du hier ...?«

Fernando umarmt Margarita.

»Ich bin gerade angekommen«, er spricht mit hörbarem argentinischen Akzent. »Bin direkt vom Flughafen hierher ...«

»Warum hast du uns nicht Bescheid gegeben?«

»Ich wollte Euch überraschen.«

»Ach, mein Bester, da hast du jetzt aber Pech. Alicia ist unglaublich mit ihrem Examen und den Prüfungen beschäftigt ... Sie hat gesagt, daß sie bei einer Freundin sei und bis tief in die Nacht lerne ...«

»Tja, dann fahr' ich erstmal ins Hotel und werd' mich dort ein wenig ausruhen. Sag Alicia bitte, daß ich sie heute abend anrufen werde.«

»Das wird sie bestimmt überraschen.«

»Versprichst du mir, ein Geheimnis zu bewahren und ihr nichts davon zu sagen?«

»Ja klar, nur zu.«

»Ich bin gekommen, um Alicia zu heiraten.«

Margarita legt eine Hand auf ihre Brust, öffnet Mund und Augen, völlig überrascht.

(19 Uhr 22)

Der Peugeot erreicht die steile Anhöhe, die am Zoologischen Garten von Havanna beginnt. Vier Häuserblocks weiter biegt er rechts ab in die *Calle 38* und fährt steil hinab.

Er passiert die Häuser. Bei einem im Bau befindlichen Gebäude stehen drei Personen herum. Als der Peugeot etwa zwei Häuserblocks weit weg ist, hört man Hundegebell. Echos von anderen Hunden. Neben dem tiefen Graben hält der Wagen, die Räder über einer acht Meter hohen Kluft.

Am Straßenrand stehen keine Autos. Niemand ist zu sehen. Nach einer Minute des Schweigens steigen Victor auf der einen und Alicia an der anderen Seite aus. Sie treffen sich am Kofferraum, blicken sich um.

»Jetzt! Es ist dunkel genug, niemand kann uns sehen.«

Sie öffnen den Kofferraum, nehmen die Laken an den Knoten und stellen das Bündel dicht an den Rand des Abgrundes. Victor nimmt ein Messer, schneidet die Knoten von den Laken und reicht Alicia die abgeschnittenen Stücke. Dann bückt er sich, packt das Bündel an einer Seite, zieht es mit aller Kraft hoch und läßt die Leiche in die Tiefe rollen. Drei Sekunden später hallt das dumpfe Geräusch des Aufpralls gegen die Felsenklippen.

Victor sammelt die Laken ein und wirft sie in den Peugeot. Dann steigt er ein. Alicia sitzt bereits auf dem Beifahrersitz. Victor schaltet die Scheinwerfer ein. Der Wagen rollt im Leerlauf hinab.

(20 Uhr 11)

Es klingelt an der Tür. Ein junger Farbiger, begleitet vom Portier des Hochhauses, zeigt einen Ausweis der nationalen, revolutionären Polizei und bittet darum, mit Mr. Karl Bos sprechen zu dürfen.

»Kommen Sie bitte herein«, sagt Bos. »Nehmen Sie doch Platz.«

Der Polizist macht es sich bequem, faltet die Hände vor der Brust wie jemand, der seine Worte genau zu wählen versteht. Aus seiner Brusttasche zieht er ein Dokument und reicht es Bos.

»Erkennen Sie diesen Herrn?«

Bos sieht sich das Dokument ungeduldig und ängstlich an.

Es ist ein Führerschein mit dem Foto und dem Namen von Hendryck Groote.

»Ja, das ist Hendryck Groote, der Präsident unserer Firma, bei der ich arbeite. Ist ihm etwas zugestoßen?«

»Ich bedaure, Sie davon in Kenntnis setzen zu müssen, daß er tot aufgefunden wurde. Bei einer Baustelle.«

Bos ist bestürzt und fassungslos. Er sackt auf dem Sofa zusammen, beide Hände an den Schläfen.

(20 Uhr 41)

Alicia wischt mit einem nassen Lappen über das Lenkrad, über die Schaltung und das Armaturenbrett des Peugeot. Victor macht sich an der Außenseite zu schaffen. Das Handy, das er an der Taille trägt, meldet sich.

»Ja, bitte? Ja, hallo, Karl. Gibt's Neuigkeiten …? Wie schrecklich!«

Schweigend nickt Victor. Dann sagt er: »Ja, ja, ich komme sofort rüber.«

Er schaltet das Handy ab und wendet sich an Alicia.

»Sie haben die Leiche bereits gefunden … Scheint so, als hätten Jugendliche in der Baugrube gespielt. Die Polizei will, daß wir ihn im Leichenschauhaus identifizieren …«

Alicia schaut nach oben, die Arme erhoben.

»Wie gerne würde ich mich jetzt betrinken.«

»Bitte, nicht jetzt. Wir brauchen unsere fünf Sinne. Während ich weg bin, bringst du den Wagen irgendwo nach Vedado. Dann warte auf mich in der Bar des Havanna Libre, in deiner Verkleidung. Aber übertreib es nicht.«

(21 Uhr 15)

Mit betrübter Miene stehen Bos und Victor nickend vor einem Mann, der vor ihnen ein Laken hochhält.

Nach der Identifizierung läßt der Mann das Tuch fallen und schiebt die Leiche auf der Bahre weg.

»Wenn Sie sich dazu imstande fühlen, würden ich Sie bitten, mir jetzt ein paar Fragen zu beantworten …«

»Ich muß gestehen, daß ich mich im Moment nicht dazu in der Lage sehe. Das ist furchtbar …« sagt Victor.

»Auch ich würde es vorziehen …«

»Also gut, kein Problem. Könnten wir uns morgen etwa gegen neun Uhr wiedersehen?«

Bos und Victor stimmen zu.

»Einverstanden. Ich möchte Sie davon in Kenntnis setzen, daß die Probleme für ihre Firma damit nicht beendet sind. Die Frau von Mr. Jan van Dongen hat das Verschwinden ihres Ehemanns angezeigt. Sie gab zu Protokoll, sie habe seit heute mittag nicht einmal einen Anruf erhalten.«

»Ich wußte es bereits. Auch ich mache mir Sorgen. Jan ist am Nachmittag nicht aufgetaucht, noch hat er angerufen. Das ist wirklich unbegreiflich …«

»Gestatten Sie mir, Ihnen mitzuteilen, daß Mr. van Dongen heute nachmittag um 16 Uhr 30 von Rancho Boyeros aus nach Mexiko geflogen ist.«

Er zieht einen Zettel aus der Tasche: »Mit einem Flug

von Aerotaxis, für den er vorgestern einen Platz reserviert und bezahlt hat, auf den Namen Ihres Unternehmens.«

Bos und Victor schauen sich überrascht an.

(21 Uhr 50)

Alicia sitzt als Gringa verkleidet an der Theke der Bar. Victor erscheint und bestellt einen Cognac.

»Wo hast du ihn abgestellt?«

»Drei Häuserblocks von hier entfernt. *No problem.* Hoffentlich klaut ihn heute nacht jemand. Und du? Wie war's im Leichenschauhaus.«

Victor antwortet nicht.

»Wärst du so freundlich, mir zu antworten? Ist alles in Ordnung?«

»Das kann ich dir nicht genau sagen. Die Riesennase hat Kuba verlassen, ohne jemandem etwas gesagt zu haben. Nicht einmal seiner Frau.«

Alicia ist sehr beunruhigt, dreht sich zu Victor hin, um ihm in die Augen zu sehen.

»Warum denn das? Du hast doch bestimmt auf den Kofferinhalt geschaut.«

»Das Gleiche wollte ich dich fragen ... Wir haben uns von der Blume ablenken lassen und schließlich haben wir nicht genau ...«

»Denkst du, daß die Riesennase uns ausgetrickst hat ...«

»Ich kann mir nicht vorstellen, wie. Ich halte das für unmöglich. Aber daß er weggeflogen ist, ohne irgend jemand etwas davon zu sagen, das ist mir nicht geheuer ...«

(22 Uhr 26)

Der Chevrolet trifft in der Finca ein. Beide steigen aus und rennen zu dem Schrank, in den sie den Koffer mit den drei Millionen gelegt haben.

Victor reißt ihn heraus, schmeißt ihn aufs Sofa und öffnet ihn ungeduldig. Alicia schaut ihm angespannt zu. Aus den sorgfältig aufgereihten Bündeln nimmt er eines heraus und fährt mit dem Daumen über die Scheine.

Er schreit wütend auf, reißt das Päckchen auseinander, läßt eine Kaskade von weißem Papier fallen und schmeißt den Rest auf den Boden. Unter nicht wiederholbaren englischen Flüchen nimmt er ein weiteres Päckchen, noch eins, noch eins, alle sind frisiert.

Victor stemmt beide Hände in die Seiten, starrt Alicia an, als wäre er kurz davor, über sie herzufallen. Er zeigt mit dem Finger auf sie, geht auf sie zu, bleibt mit hoch erhobener Hand stehen. Wie erstarrt. Er kneift die Augenlider zusammen, hält nachdenklich inne. Dann stürzt er sich auf den Koffer, nimmt ein weiteres Päckchen heraus und inspiziert es genau. Es wirft es wieder auf den Boden und rauft sich die Haare …

Er tritt gegen jeden Gegenstand, der sich ihm bietet und schreit mit anschwellender Lautstärke los.

»*Son of a bitch! Son of a bitch! … The fucking son of a bitch!*«

Alicia blickt ihn streng an, doch sie scheint nicht beeindruckt zu sein.

»Würdest du mir den Gefallen tun, dich zu beruhigen und mir zu verraten, was hier eigentlich läuft …?«

Victor reagiert nicht sofort. Schließlich reißt er ohnmächtig die Arme hoch.

»Verzeih, Alicia, einen Augenblick dachte ich, daß du und deine Mutter die Scheine ausgetauscht hättet …«

»Mein Gott, wie lächerlich … Wann hätten wir das tun sollen?«

Victor nimmt ein Päckchen und zeigt ihr die durchsichtige Banderole, die die Scheine in der Mitte zusammenhält.

»Selbst wenn du alle Zeit der Welt gehabt hättest, solche Banderolen mit so einer Inschrift gibt es nirgendwo in Kuba. Die gibt es nur bei uns im Büro. Sie stammen von einer holländischen Bank und wurden vor wenigen Tagen aus Venezuela gebracht. Außerdem war die höchste Zahl die 300. Dagegen sind diese bis 600 numeriert. Das kann nur van Dongen getan haben.«

Alicia sieht ihn kalt und durchdringend an.

»Und ich? Warum soll ich nicht annehmen, daß du dich mit van Dongen zusammengetan hast, um mich auszutricksen.«

40

Ein gut gedeckter Tisch für drei Personen. Feines Porzellan, Kristallgläser, elegante Tischdecken, Blumen. Alicia und Margarita in Abendrobe. Alicia wischt mit einer Serviette den Rand eines Weinglases ab und hält es dann gegen das Licht, während die Mutter das Besteck an den Seiten der Teller richtet.

»Du hältst wirklich für ausgeschlossen, daß Victor mit der Riesennase gemeinsame Sache gemacht hat?«

»Ganz und gar. Wenn sie von Anfang an Komplizen gewesen wären, warum wären sie dann auf mich angewiesen gewesen! Ich hätte ihnen doch nur im Weg gestanden und wäre sogar ein Risiko für sie gewesen …«

»Vielleicht waren sie nicht von Anfang an verschworen, aber später …«

»Vergiß es, Mami, so etwas ist ausgeschlossen … Ich bin die ganze Zeit mit Victor zusammen gewesen, und es gab in seinem Verhalten keinen Grund zu einem Verdacht … Das einzige, was wir jetzt tun können, ist Victor, die Riesennase und Kuba zu vergessen und mit Fernando nach Argentinien ziehen.«

Margarita schaut sie besorgt an.

»Ach, Kleines, ich weiß nicht, einfach so von heute auf morgen … in meinem Alter kann ich doch keine Abenteuer mehr … Glaubst du wirklich, daß Fernando es bringt …«

»Wenn er es nicht bringt, sorge ich dafür, daß er es schafft. Und wenn nicht, dann suche ich mir einen anderen. Laß das meine Sorge sein. Nur darfst du mich jetzt nicht im Stich lassen, wo ich dich so sehr brauche ...«

Es klingelt an der Tür, und Margarita beeilt sich, sie zu öffnen.

Fernando steht mit einem Blumenstrauß im Zimmer.

»Willkommen, bitte schön.« Margarita lächelt ihn freundlich an.

41

Am 20. November hat Alicia Victor zum letzten Mal gesehen, eine Woche, nachdem sie die Leiche fortgebracht haben. Er hat sie angerufen und sie um die Wagenschlüssel gebeten.

Sie war zu dem vereinbarten Treffpunkt in Mirama gefahren, zu einer Bar mit einer Terrasse unter freiem Himmel.

Als Alicia ihn am Tisch entdeckte, überkam sie ein Gefühl aus Traurigkeit und Groll. Sie spürte den Wunsch, sich sofort wieder von ihm zu entfernen, nur schnell weg und für immer.

Victor lud sie zu einem Drink ein.

»Danke. Keine Zeit.« Sie legte die Wagenschlüssel auf den Tisch, ohne ihn eines Blickes zu würdigen, drehte sich um und ging. Kein Abschiedswort. Ihr Outfit war wie das der Studentin.

Ein dicker Farbiger wollte gerade auf seinem Motorrad den Parkplatz verlassen. Alicia bat ihn, sie ein Stück mitzunehmen. Er war nur zu gerne dazu bereit.

Victor sah, wie sie auf den Sozius stieg. Ihr Haar war zusammengeknotet. Sie trug einen Pferdeschwanz von einem roten Band zusammengehalten. Als das Motorrad nach der Ausfahrt abbog, wippte der Pferdeschwanz auf ihrem Nacken auf und nieder.

Victor verfolgte sie mit seinen Blicken, aber nicht einmal in diesem Augenblick, als sie seitlich an ihm vorbeibrauste, schaute sie zu ihm hin.

Er fühlte sich allein, Opfer eines ungerechten

Schicksals. Dieses Schicksal, das alles so verwickelt macht und Leute dazu bringt, sich zur falschen Zeit zu begegnen.

Er trank seinen Whisky aus, bestellte noch einen doppelten und zündete sich eine Zigarette an. In Gedanken ging er wieder der Frage nach, wie es van Dongen gelungen war, die Koffer auszutauschen. Das richtige Geld in so kurzer Zeit durch präpariertes zu ersetzen, hätte eines Komplizen bedurft, beispielsweise Carmen, die an gleicher Stelle mit einem identischen Koffer auf ihn gewartet hätte ...

Ach was, das sind alles Hirngespinste ...! Van Dongen wußte ja nicht, daß die Übergabe im Triton stattfinden sollte. Bos hatte es ihm erst im Fahrstuhl mitgeteilt, als sie hinunterfuhren. Unmöglich, daß er anschließend irgend jemand hätte benachrichtigen können ...

Vielleicht hatte van Dongen einen identischen Koffer mit dem wertlosen Papier in seinem Kofferraum versteckt. Immerhin hätte er zwei Tage Zeit dafür gehabt, die Sache vorzubereiten ... Victor erinnerte sich, daß er an dem Tag, als das Lösegeld gezahlt wurde, den Koffer bis zu dem Wagen von van Dongen geschleppt und ihn persönlich in den Kofferraum gelegt hatte. Er erinnerte sich, daß der Kofferraum völlig leer war, aber vielleicht hatte van Dongen einen doppelten Boden präpariert ...

Nach einer Woche des obszessiven Grübelns über jedes noch so nebensächliche Detail hatte er keine plausible Erklärung. Wie dem auch sei, er konnte nichts mehr tun. An das Geld ranzukommen? Unmöglich. Sich zu rächen? Nein, das auch nicht. Er war ein guter *loser*. Man muß lernen, zu verlieren in diesem Leben, es gibt immer jemanden, der dich kalt erwischen kann. Und wer das nicht verkraften kann, der ist dümmer als ein Dackel. Ein richtiger Idiot. Abgesehen davon, war Victor kein nachtragender, rachsüchtiger Typ.

Am meisten ärgerte ihn die Abfuhr von Alicia. Er hätte nie gedacht, daß ihn die so schmerzen könne.

1998

Epilog

42

Trotz intensiver Untersuchungen der kubanischen Behörden konnte nicht die geringste Spur entdeckt werden, die auf die Mörder von Hendryck Groote gedeutet hätte. Der Gerichtsmediziner und die Experten im kriminologischen Institut stellten fest, daß die Todesursache bei Hendryck Groote in einem Aufprall auf einen spitz zulaufenden Gegenstand zu sehen war, der ins Mark des oberen Rückgrats vorgedrungen war. Weiterhin wurde festgestellt, daß die Leiche mehrere Tage lang in gefrorenem Zustand aufbewahrt worden war.

Angesichts des fluchtartigen Verschwindens des holländischen Staatsbürgers Jan van Dongen, eines Verwandten des Opfers, der über Grootes Tagesablauf perfekt informiert war, wurde dieser als mutmaßlicher Täter oder mindestens als Komplize des doppelten Verbrechens, Entführung mit anschließender Tötung, angesehen.

Innerhalb der Firma gab es grundlegende Veränderungen. Victor King verlor, genau wie er es geahnt hatte, die große Chance seines Lebens, denn die Familie Groote kündigte das Versprechen auf, ihm Kommissionen zu zahlen, damit er sein Projekt des archäologischen Tourismus durchführen konnte. Vincent Groote teilte ihm mit, man habe beschlossen, auf seine Dienste ganz zu verzichten. Doch Victor King landete nicht auf der Straße, wie er beinah befürchtet hatte. Auf eine völlig unerwartete Weise kam er wieder auf die Füße.

Christina, Hendrycks Witwe und Erbin eines Riesenvermögens, zeigte sich ihm für seine hingebungsvolle Anteilnahme und den ihr gespendeten Trost besonders dankbar. (Immerhin war dieses Vermögen durch die zehn Millionen von der Versicherung ihres Gatten durchaus vergrößert worden.)

Victor hatte es tatsächlich verstanden, sie immer wieder während der Tage, die sie in Kuba verbrachte, zu trösten. Christina fühlte sich von ihm so gut betreut, daß sie fortan auf Victor nicht mehr verzichten konnte und ihn mit nach Amsterdam nahm.

Sie leben zur Zeit in loser Verbindung zusammen. Sie hat ihn bereits wissen lassen, daß sie ihn nicht heiraten werde, doch teilen beide das Apartment und lassen sich oft in der Öffentlichkeit zusammen sehen. Um Victor ein wenig zu entschädigen und die übrigen Grootes wütend zu machen, ganz besonders ihren erbitterten Feind Vincent, hat sie Victor vor kurzem vorgeschlagen, eine bescheidene Gesellschaft zu gründen, natürlich ohne die großen Ressourcen der GROOTE INTERNATIONAL INC., die ihm erlaube, sich um die versenkten Galeonen in der Karibik zu kümmern.

Victor ist zuversichtlich, bald seine erste Galeone zu entdecken. Auf diese Weise erwartet er, daß das Glück, das er durch die Liebschaft mit dem Ehegatten nicht erreichen konnte, ihm schließlich doch hold ist – als Belohnung für die Verehrung seiner Witwe.

43

Fred ist ein deutscher Maler, der seit zwei Jahren inmitten von Reisplantagen und Feldern auf der Insel Bali lebt. Er verfügt über einen gewissen Wohlstand in seinem Landhaus am Ufer des Samur, was soviel heißt wie Schwester der Sonne. Während der letzten sechs Monate hat er Pfahlbauten unter einem dramatisch türkisfarbenen Himmel gemalt. Alle seine Landschaften erzielen in einer Galerie in Australien gute Preise, sie sind äußerst gefragt. Im Hintergrund ist stets der männliche Pazifik mit seinen schäumenden Lippen zu sehen. Er malt auch Akte. Seine Models sind immer Mulattinnen mit üppigen Brüsten und traurigen, mandelförmigen Augen.

Fred hat nicht mehr das lächerliche Profil eines Schnabeltieres wie damals, als er noch Jan van Dongen hieß. Die panische Angst, daß seine Nase ihn bei INTERPOL verraten würde, zwang ihn zu dem Eingriff, vor dem er sich lange Zeit so sehr gefürchtet hatte. Ohne Maske kann er sich jetzt den Scharmützeln der Liebe widmen. Er kann auf der Flöte spielen, auch wenn ihm jemand dabei zusieht. Fred hat sein Lampenfieber überwunden, das ihn in seiner Jugend bei der Ausübung seiner Leidenschaft als Musiker behindert hatte.

Zwei Jahre später kehrte er nach Kuba zurück. Am 28. Dezember erlebte er die größte Freude des Jahres. Carmen liebte ihn noch. Während seiner Abwesenheit hatte sie ein paar Liebhaber gehabt, aber keinen von ihnen hatte sie erhört. Ja, selbstverständlich, mit Glanz in den Augen war sie bereit, Jan bis ans Ende der Welt zu folgen. Ziemlich verkürzt erzählte ihr Jan, wie er im letzten Moment beschlossen hatte, das Lösegeld für sich zu behalten; die Geschichte von den zwei identischen Koffern, die er gekauft hatte; dem doppelten Boden im Kofferraum seines Wagens; wie er den Austausch durchführte. Die abenteuerliche Flucht via Mexiko, den USA und Deutschland, wo er sich operieren ließ und seine neuen Papiere kaufte, mit denen er sich als Alfred Werner ausweisen konnte.

Lange würde er sich an jene Abenddämmerung im Hotel Nacional erinnern, die Sinnlichkeit der Luft Havannas, die durch sein Fenster im zweiten Stock hereinströmte, die Aussicht auf den sündigen Malecon, den abendlichen Rum, diese verrückte Stadt, die er so anbetete, und die straffe und verführerische Haut von Carmen. Das alles versetzte ihn in so einen Zustand des Glücks, daß er sich in den Arm kneifen mußte. Sollte es wirklich wahr sein, daß er nie wieder Papierkram erledigen mußte? Würden diese infamen Computer für immer aus seinem Leben verschwunden sein? Konnte er wirklich seine ganze Zeit dem Lesen, Flöte spielen und Malen widmen?

Die Bilanz seines gerade vergangenen Lebens ist äußerst erfreulich.

Er lebt heute mit ruhigem Gewissen. Die kubanische Polizei stellte fest, daß Rieks durch die Lanzenspitze, die das obere Rückenmark traf, gestorben war. Jan wußte, daß Victor unfähig war, so einen brutalen Mord zu begehen. Immerhin hatte Rieks ihn beschützt und seine Interessen verteidigt. Er würde ihn auf keinen Fall denunzieren, weil er die Entführung geplant hatte, um der

Familie Groote Geld zu entlocken. Für seine Flucht und für die Tatsache, daß er so zum Schuldigen gestempelt wurde, beschloß der ehemalige van Dongen, Victor die drei Million blechen zu lassen.

Der Fred Werner von heute verfügt über genügend Geld, viel mehr, als er sich je gewünscht hatte. Er hat eine durchaus ansehnliche Figur, die aber niemand aufmerksam werden läßt. Und er hat, heiliger Gott im Himmel, eine dunkelhäutige Frau mit enger Taille und heißen Lippen, die ihn ohne jeden Zweifel so liebt, wie er es sich immer erträumt hat.

Endlich ist er auf der Seite der Sieger angekommen.

An diesem Abend widmet die Göttin Parvati in einem kleinen Tempel aus grünlichem Stein am Wegesrand Carmen ein Lächeln des Willkommens.

Doch Carmen nennt sich nicht mehr Carmen. Sie hat ihr Spanisch vergessen. Nun heißt sie Zaratu, was in Yoruba-Sprache soviel heißt wie: die, die wiedergeboren wird.

Zaratu entstammt einem afrikanischen Volk und plappert ein bißchen englisch. Nicht einmal im Bett spricht sie noch spanisch. Obwohl ihr Englisch schrecklich ist, atmet Fred Werner tief ein, wenn sie ihm im Schlafzimmer liebkosende Worte zuflüstert. Er riecht an ihr, trinkt aus ihr, berauscht sich an seinem Weib, an Jasmin und Rum.

Ja, verdammt noch mal, es war längst Zeit, daß sich alles zu seinem Glück wendete.

44

Fragt man nach Alicia, so muß man davon berichten, daß sie eine große Enttäuschung mit ihrem Fernando erlitten hat. Er war ein klammer Zahlhans und ein großer Schwindler, ein armes Teufelchen, das sie in unwürdige Lebensverhältnisse preßte, weit hinter ihren Hoffnungen. Doch Alicia ist eine wagemutige Frau, bereit, das Leben selbst zu meistern. Sie blieb ganze dreizehn Tage bei diesem Fernando.

Als Geliebte eines Gamboa, eines reichen Industriellen, hat ihr Leben ein neues Stadium erreicht. Von Tag zu Tag wird ihre Lage besser.

Sie verfügt über ein kleines, elegantes Apartment an der *Corrientes* und dazu über etwas, was sie für sehr wertvoll hält und aus dem sie großen Profit zu ziehen trachtet ... Sie verfügt nämlich über eine Dauer-Einladung in einen vornehmen Reitkunstclub in San Isidro, wo sie kürzlich zum Erstaunen vieler einen neuen Reitstil kreiert hat. Er ist zur wahren Sensation der Saison geworden.

Alicia hat die Steigbügel extrem hoch geschnallt, und anstatt sich einer starren Körperhaltung zu befleißigen, die der scholastische Reitsport erfordert, kann Alicia nicht aufhören – sie ist schließlich eine karibische Frau –, mit ihrem Amazonen-Po gewisse kreisförmige Bewegungen auszuführen, eine Technik, die ihr neue und interessante Anträge eingebracht hat ...

Dank eines dummen Zufalls, der sich in einem angrenzenden kleinen Wald ereignete, bei dem sich unerklärlicherweise ein Steigbügel löste, ist auch sie kurz davor, ihre Träume verwirklicht zu sehen. Vom besagten Unfall kehrte sie nach Hause zurück, in das Domizil, das Gamboa ihr kürzlich gemietet hat, begleitet von einem 50jährigen Millionär. Ein weiterer Zufall wollte es, daß just an diesem Tag Margarita einen Reis auf kubanische Art zubereitet hatte, die der Retter ihres Töchterleins unbedingt probieren mußte – und natürlich auch den einen oder anderen Daiquiri.

Der Millionär ist in immer kürzeren Abständen aufgetaucht, um sich nach Alicias Wohlbefinden zu erkundigen. Er hatte die delikate Angewohnheit, ihnen einen nagelneuen Kühlschrank zukommen zu lassen, da der ihre zufällig an dem Tag, an dem er das Haus zum erstenmal besuchte, seinen Geist aufgegeben hatte. Nur mit größter Mühe konnte der Mann Alicia dazu bringen, sein Geschenk zu akzeptieren. Sie sei zwar nur eine Einwanderin und besitze kaum Eigentümer, aber bitte keine Geschenke von Männern. Außerdem sorge sie sich um ihre Würde. Nach langem Hin und Her, und nur, um ihn nicht zu verletzten, ließ sie sich überreden.

So wie die Dinge stehen, sagt Alicia voraus, werde sie dem Millionär in wenigen Tagen den Kopf verdrehen. Sie schätzt, daß sie gleich nächste Woche mit dem Unterricht in karibischem Tanz bei ihm beginnen kann. Wenn das Glück auch nur ein bißchen auf ihrer Seite ist, erhofft sich Alicia in Buenos mit den Steigbügeln das zu erreichen, was ihr in Havanna mit den Pedalen verwehrt blieb.

DIANA

Das anspruchsvolle Programm

Michael Pearce

Kairo im Jahre 1908: Ein Tourist verschwindet am hellichten Tag auf geheimnisvolle Weise von der Terrasse eines Luxus-Hotels. Der erste Band der Kriminalserie aus dem Ägypten der Kolonialzeit.

»Der leichtfüßige Stil und die geistreichen Dialoge machen die Lektüre zu einem wahren Vergnügen.«
Sunday Telegraph

62/109

Verschwörung am Nil
62/109

DIANA-TASCHENBÜCHER

DIANA

Das anspruchsvolle Programm

Kate Atkinson

»Atkinson ist eine wortgewaltige Erzählerin.«

Der Spiegel

»So schwelgend wie ihre Vorstellungskraft ist auch Atkinsons Umgang mit der Sprache.«

Süddeutsche Zeitung

62/32

Familienalbum
01/10689

Ein Sommernachtsspiel
62/32

DIANA-TASCHENBÜCHER

DIANA

Das anspruchsvolle Programm

Chitra Banerjee Divakaruni

Zwischen Chicago und Kalkutta, zwischen Verheißung und Entfremdung spielen die Geschichten von Chitra Banerjee Divakaruni, für die sie gleich drei amerikanische Literaturpreise erhielt.

»Divakarunis Geschichten sind von überwältigender Kraft.«
New York Times Book Review

62/75

Die Hüterin der Gewürze
62/6

Der Duft der Mangoblüten
62/75

DIANA-TASCHENBÜCHER